KB018961

기쁘고 벅찬 날에도
조금은 힘없는 날에도
언제나 편지 쓰기는 저를 행복하게 합니다.

누군가에게 말을 걸어
마음을 보여줄 수 있다는 것이,
그 매개가
우리가 사랑하는 책이라는 것이.

이토록 소중한 감정의 순간을
함께해 주신 당신께
안온함을 드릴 수 있기를 바라며.

이 책을 읽어 주실 독자분들께
김소영 드림.

무뎌진 감정이 말을 걸어올 때

김소영 에세이

무뎌진 감정이
말을 걸어올 때

책 발 견 소 ✕ 테라코타

아무리 열심히 재촉해 보아도
충분하지 않다고 느낄 때,
헤어날 수 없는
무력감을 느낄 때면
책 속 문장을 따라 내려갔습니다.

오랫동안 감정의 조각들을
흘려보낸 것에 익숙해져
제대로 꺼내지 못했던
내면의 이야기를
세밀하게 파고들었습니다.

수많은 책의 페이지를 넘기며,
잊고 있었던
무뎌졌던 감정이
깨어나는 밤을
자주 맞이할 수 있었습니다.

일깨워진 감정들은 말해 주었습니다.
언제든 조금은 느린 호흡으로
내 마음을 들여다보는 시간을 가진다면,
나는 더욱 괜찮아질 거라고.

무뎌진 감정이 말을 걸어올 때

차례

PART 1

결코 사소하지 않은 감정의 말들

PART 2

무뎌진 감정이 말을 걸어올 때

PART 3

어쩌면 내가 깨우고 싶었던 생각들

나의 친애하는 감정들이 쌓이는 중입니다

꾸준히 글을 쓰고, 몇 년에 한 번은 그 글을 엮어 책으로 펴내는 삶을 꿈꾸었던 적이 있습니다. 마음이 소란스러울 때면 어디든 앉아서 노트북을 켜고, 말 대신 글로 써 내려가는 행위 자체를 사랑했습니다. 물론 마음만큼 풀리지 않을 때도 있었습니다. 그럴 때는 늘 곁에 있는 책을 펼쳐 책 속의 문장과 시선이 내 마음 어딘가를 건드리도록 내버려 두곤 했습니다. 대체로 어떤 책이든 몇 장을 읽자마자 새롭게 하고 싶은 이야기들이 한껏 피어나는 듯한 착각에 빠지곤 했지요. 마치 뛰어난 성능의 공기 청정기가 내 머릿속의 산만하고 어지러운 생각들은 흡입하고, 맑고 생기 넘치는 생각들을 가득 불어넣어 주는 것 같았습니다. 그러고 보면 독서라는 행위는 저에게 언제나 남다르지 못한 나를 남다르게 만드는 듯한, 기분 좋은 착각을 일으키는 무해한 자극제였습니다.

지난 시간을 돌아보면 독서는 효과적인 안정제이기도 했습니다. 어릴 적 친구와 다투었던 날부터 무엇을 해야 할지 몰라 이 길 저 길을 서성이던 20대, 퇴사를 고민하며 창업을 결정하기까지 유독 막막했던 시간, 드물게 사람에게 상처받았던 날에는 책만큼 나의 마음을 위로해 주는 것이 없었습니다. 한때 모 예능 프로그램에 출연해 퀴즈를 풀다가, 아무도 답을 맞힐 수 없을 거라고 예상했던 역사 문제의 정답을 말한 적이 있었어요. 퇴사를 고민하던 반년 동안 혼란했던 정신을 가다듬는 데 『조선왕조실록』 만한 게 없었고, 「순종실록」 마지막 장을 읽은 뒤 사직서를 냈는데 그 덕이라고는 차마 말을 못 했습니다. 이쯤 되니 책은 제게 일상의 숱한 번민을 잠재우면서도, 삶의 주요한 고비마다 실마리를 제시해 주며, 딱히 쓸 데는 없지만 가끔 덕을 보는 잡지식까지 늘려 주는 인생의 동반자라 할 만했습니다.

그러던 책과 난생처음 데면데면해지는 경험을 하게 되었는데요. 퇴사 이후 작은 서점을 만들어 1호점, 2호점이 생기면서 점차 규모와 형태를 갖춘 회사가 되어 갔고, 아이도 태어났습니다. 회사와 아이의 걸음마를 돕다 보니 처음이라 모든 게 낯선 일을 해 내며 짜릿한 행복감에 빠져 정신없이 지냈습니다. 특히 저는 20대 내내 주로 무엇을 추구하며 살 것인지 본질적인 고민을 해왔기 때문에, 서른이 되자 쏟아지는 새로운 도전들이 오히려 반갑기도 했습니다. 치열한 삶의 속도는 점차 저의 은근한 자랑거리가 되어 갔고, 제가 사랑했던 독서와 사색의 시간은 최우선

반납 대상이 되었습니다. 물론 서점에서 일하며 책을 곁에 두는 물리적 시간은 줄어들지 않았지만, 전처럼 책 속 문장들이 마음을 활짝 피어나게 하던 순간들은 서서히 사라진 것 같았습니다. 시간이 어찌나 쏜살같이 흘러가던지, 이에 대한 후회나 미련도 딱히 없다는 것이 아쉬울 정도로 달라진 생활이었죠.

취미가 일이 되면 이런 증상이 생긴다고 하니 저 역시 서점 주인으로서 당연히 겪는 과정이라고 생각했습니다. 그렇게 책과의 권태기를 슬쩍 인정할 때쯤, 다시금 책에 진지하고도 뭉근한 열정을 품게 된 계기가 찾아왔습니다.

어느 날 '우리도 인터넷 서점처럼 책을 집 앞까지 배송해 주면 좋을 텐데'라는 생각을 실행에 옮겨 보기로 했죠. 한 달 동안 가장 특별하게 읽은 책 한 권을 골라, 책을 선정한 이유를 담은 책편지를 함께 보내는 서비스를 출시했습니다. 요즘같이 콘텐츠가 넘쳐나는 세상에 가당키나 할까 반신반의했지만, 어느새 매달 수천 명의 독서 친구들이 모이게 되었습니다. 이 과정에서 제가 받은 예상하지 못했던 선물은 바로 한 달에 한 번, 한 통의 '책편지'를 쓰는 시간이었습니다. 취미나 여유를 위한 시간이었다면 애초에 정리 대상이었을 텐데, 아이러니하게도 이것은 '일'이라는 생각이 있었기에 기꺼이 느린 호흡의 시간을 받아들일 수 있었던 것 같습니다. 예전처럼 인상적인 책 속 문장에 인덱스 스티커를 붙이고, 메모 앱에 기억하고 싶은 구절들을 따로 적어 두기 시작했죠.

얼굴 모르는 이들에게 책편지를 쓰기 위해 한 달에 한

번은 현실의 시공간을 훌쩍 떠나와야 했고, 오랜만에 긴 호흡의 글을 써 내려가며 책, 독자, 그리고 나를 탐구하는 데 시간을 쏟을 수 있었습니다. 사업 문제로 고민이 있을 때나, 듣기만 해도 낭만과는 거리가 먼 하루를 보낸 날에도 책을 읽고 편지를 쓰다 보면 어느새 평온함을 되찾은 적이 많았습니다. 때로 아무리 열심히 재촉해 보아도 충분하지 않다고 느낄 때, 헤어날 수 없는 무력감을 느낄 때면 책 속 문장을 따라 내려갔습니다. 그러다 보면 어느덧 나 자신조차 미처 알아채지 못했던 기억들, 이제는 옅은 흉터만 남았다고 치부했던 지난 상처들, 하나하나 잃어 온 것들을 향한 그리움, 당연하다고 여겼던 감사한 순간들이 하나씩 이야기로서 생명력을 얻어 자신만의 길을 걸어가기 시작했습니다. 어설프고 용기도 없었지만 그래도 내 마음속 이야기에 귀를 기울여 주던 과거의 나에게 힘을 빌려, 현재의 나는 조금 더 내적 성장을 이룰 수 있었습니다.

이미 편지로 한 번 보냈던 글을 다시 한번 고치는 일은 조금은 비켜서서 자신을 바라보는 새로운 경험이었습니다. 오랫동안 감정의 조각들을 흘려보낸 것에 익숙해져 늘 절반쯤은 꺼내지 못했던 내면의 이야기를 조금 더 풀어 써 보고자 했습니다. 그동안 줄곧 '지금은 아니야'라며 넘겨 버렸던 생각들을 마주한다는 것이 부끄럽기도 했지만, 애써 덤덤한 표정과 무심한 태도를 잘 지켜내야 한다고 생각했던 저를 돌아보는 시간이 되었습니다.

책을 읽고, 편지를 쓰며 다시 이 책을 엮는 과정에서 또다시 수많은 책의 페이지를 넘기며, 잊고 있었던 무뎌졌던 감정이 깨어나는 밤을 자주 맞이할 수 있었습니다. 상실

이후 생겨나는 감정, 거칠고 모난 외로움, 고독해서 느끼는 행복감, 작고 소중한 다정들, 내면에 대물림되어 온 역사, 깨질 듯 아름다웠던 사춘기 시절의 기억까지. 그렇게 일깨워진 감정들은 제게 말해 주었습니다. 언제든 조금은 느린 호흡으로 내 마음을 들여다보는 시간을 가진다면, 나는 더욱 괜찮아질 거라고.

이 책은 다른 누구를 위해서가 아닌 저를 위해 썼습니다. 매 순간 흔들리던 저를 다시 태어나게 해 주고, 책 속 세계로 잠시 도피하는 시간, 무수히 스쳐가는 생각과 잊고 있던 감정을 알아차리게 해 준 시간이 당신에게도 주어지길 바라며.

PART 1

결코 사소하지 않은
감정의 말들

1

사랑이 떠난 자리에
남겨진 흔적

『그리움의 정원에서 La Plus Que Vive』
크리스티앙 보뱅

누군가를 사무치게 그리워하거나 누군가 내 곁을 떠날까 봐 두려워한 적 있나요? 이런 그리움의 감정을 저는 아직 제대로 느껴 본 적이 없는 것 같습니다. 이별해 본 적이 없었던 건 아니지만, 저는 원래 그런 감정을 금세 잘 털어 버립니다. 서운하고 안타까워도 며칠 마음 고생하다 보면 놓아줄 수 있는 때가 오더라고요. 어린 시절부터 어디선가 읽었던 '이 또한 지나가리라'라는 말을 마음속에 새기고 있었는데요. 기쁨이든, 슬픔이든 결국 지나가 버린다는 걸 일찍 깨달았던 것 같습니다.

그런데 얼마 전엔 제게도 비로소 내 곁을 떠날까 봐 두려운 존재가 생겼다는 걸 알게 되었어요. 부쩍 커버린 듯한 아이를 바라보던 순간이었습니다. 아이뿐 아니라 아이를 함께 돌보고 있던 남편을 바라보다가, 문득 '이 두 사람이 내 곁에 없다면, 난 어떡하지?'라는 생각이 들었어요. 상상만으로도 두려운 감정에 휩싸이며, 그런 일이 일어난다면 도저히 견딜 수 없을 것 같았습니다. 저는 이렇게 누군가에게 의존하는 감정을 늘 경계해 왔습니다. 누군가 내 곁에 존재해야 내가 존재할 수 있다는 것만큼은 절대 인정하고 싶지 않았던 것 같아요. 하지만 이런 저에게도 그런 존재들이 생기고야 말았던 것입니다.

그리움은 상실 이후에 생겨나는 감정이라 때로는 고통일 수도 있습니다. 마음에서 그리움을 단번에 밀어내 버리는 다른 감정도 별로 없는 것 같습니다. 저는 아이를 키우면서 차라리 나를 저버리더라도, 아이를 잃는 일은 절대 일어나서는 안 된다고 생각했습니다. 한편으로 이렇게 제 마음에 자리 잡은 감정이야말로 인간이 느끼는 가장 강렬하고 선명한 감정이라는 걸 깨달았습니다. 누군가를 말로 다 할 수 없이 사랑하고, 나 자신보다 소중하게 여겨 본 사람만이 느낄 수 있는 감정일 테니까요.

크리스티앙 보뱅의 『그리움의 정원에서』는 사랑하는 여인을 잃은 작가의 그리움이 담긴 책입니다. 사랑하는 이의 죽음으로 인해 내 안의 모든 것이 산산이 부서지는 경험을 해본 사람이라면, 아마 이 책을 읽으며 가슴 먹먹해지는 그때를 떠올릴 것입니다. 다행히 이 책은 상실감과 자기 파괴에 그치지 않고, 원초적 그리움의 감정을 눈부시게 아름답고 평온한 정원과 같이 가꾸어 낸 작가의 실제 기록입니다. "너로 인한 그리움과 공허와 고통마저도 내 안으로 들어와 나의 가장 큰 기쁨이 된다"와 같은 문장들은 읽는 이의 마음을 울렁이게 만드는 힘이 있는데요. 이런 청아한 문장들은 '시' 같기도 하고 '산문' 같기도 합니다. 애써 구분하는 것이 의미 없겠지만요.

이 책을 읽게 된다면 한 문장 한 문장을 꼭 천천히 눈에 담아 보시길 바라요. 처음엔 뒤의 내용이 궁금해 후루룩 읽을 수도 있지만, 그렇다면 다 읽고 나서 한 번 더 읽어 보기를 권합니다. 저도 이 책을 세 번 정도 천천히 읽어 보았거든요. 제 마음이 맑게 개는 듯한 기분이었습니다. 시간 여유가 있는 어느 날에는 책의 아무 페이지나 펼쳐 글의 정원을 거닐어 보시기를 바랍니다. 우리가 보통 산책할 때 처음 가 보는 길은 새롭고 재미있지만, 낯선 곳이라 여유로움은 느끼기 어렵죠. 반면 이미 익숙해진 길을 산책할 때면 잠깐 생각을 멈추고 치유의 시간을 만끽하죠. 그러면 비로소 내 마음을 들여다보게 되거든요.

프랑스가 사랑하는 시인이자 에세이스트 크리스티앙 보뱅의 문장들은 아름답고도 단순하며 유독 '맑다'라는 평이 뒤따릅니다. 책의 제목처럼, 그의 글을 읽다 보면 마치 정성껏 가꾼 글의 정원에 들어온 것 같은 기분이 듭니다. 저는 마음 일렁이는 사랑 이야기나 시적인 문장보다는 인문·사회 도서나 적확하고 날카로운 문장을 탐닉하는 사람이었습니다. 그런데 이 책은 그런 저에게 운명처럼 다가와 내면 깊숙이 자리한 감정을 조용히 뒤흔들었어요. 지성을 중요하게 여기고, 지적인 욕구를 추구하는 프랑스 문학계에서도 사랑과 그리움을 이야기하는 이 글이 사랑 받은 건 매우 이례적이었다고 하지요.

보뱅이 사랑하던 여인 지슬렌은 보뱅에게 만약 자신이 죽는다면 후에 무엇을 쓸지 물어보았다고 하죠. 그녀는 보뱅에게 "문학을 하지 말고, 꼭 글을 써야 한다"라고 당부 합니다. 프랑스 문학계는 이 책을 과연 문학이 아닌 무엇으로 정의했을지 모르겠으나, 보뱅은 지슬렌과의 약속을 지키려 노력했겠지요. 사랑하는 여인을 잃은 시인의 깊은 울림이 있는 글은 자신의 헤아릴 수 없는 그리움을 토로하는 내밀한 일기처럼 느껴지다가도, 마지막 장에 이를수록 인생의 의미를 일깨우는 철학서처럼 다가오기도 합니다. 처음에는 사랑 이야기만이 담겨 있는 듯하지만, 아름다운 문장을 따라가다 보면 어느새 우리 마음속의 창이 맑게 닦인 듯한 느낌이 들어요.

이 책에는 여러 형태의 사랑이 등장하는데요. 삶을 사랑했던 여인 지슬렌, 그런 지슬렌을 조용한 방식으로 사랑하고, 그녀를 잃은 후 그리움의 감정을 받아들이며 삶을 사랑하는 보뱅. 처음에 사전 정보 없이 책을 읽고는 당연히 아내와 사별한 뒤 쓴 글이라고 생각했어요. 그런데 두 사람은 결혼한 사이가 아니더군요. 두 사람이 정확히 어떤 관계였는지 나와 있지는 않지만, 함께한 순간에 관한 서술, 그리고 그들의 관계를 암시하는 문장들이 종종 등장하곤 하는데요. 그녀는 보뱅이 아닌 다른 사람과 두 번 결혼했고, 아이들을 키웠습니다. 책에는 지슬렌에 대해 '세상에서 가장 자유롭고, 지혜로우며, 사랑이 깊은 사람이었다'라고 쓰여 있어요. 1979년 가을에 처음 만나 1995년 여름 파열성 뇌동맥류로 사망하기까지 16년간, 보뱅은 지슬렌을 자신만의 방식으로 고요하게 사랑했던 것 같습니다.

보뱅은 지슬렌을 이미 떠나보낸 사람이 아니라 현재에도 사랑하고 있는 사람으로 생각하며 글을 쓴 듯합니다. 문장 대부분이 현재 시제를 사용하고 있는데, 읽다 보면 그가 사랑하는 지슬렌이 여전히 존재하는 듯한 생생한 느낌이 들죠. 그녀의 죽음은 그의 마음속 깊은 사랑을 빼앗을 수 없었습니다. 보뱅은 죽음이 자신과 지슬렌에게서 무엇을 낚아챌 수 있는지 묻습니다. 변하지 않는 사랑을 표현하려는 의연한 문장이지만, 이러한 결론을 얻기까지 수없이 '나에게 과연 무엇이 사라진 것인지'를 물었을 법한 작가의 마음을 상상해 본다면, 실로 쉬운 과정은 아니었겠지요.

상실은 문학에 자주 등장하는 소재입니다. 하지만 사랑을 기억하고 상실을 기록하는 방식은 작가마다 큰 차이가 있습니다. 우리가 글을 쓸 때도 그렇지요. 기쁜 일이 있을 때 글을 쓰는 사람이 있는가 하면, 슬픈 일을 겪을 때 글을 쓰는 사람이 있죠. 저는 고백하자면 20대 때는 슬픈 일을 겪을 때마다 일기를 썼습니다. 그런데 요즘은 기쁜 감정이 들 때 일기를 쓰는 것 같아요. 그날의 감사한 마음을 기억해 두었다가, 나중에 힘든 일이 생겼을 때도 꺼내 보고 싶다는 생각을 합니다.

보뱅은 사랑하던 여인을 잃고 난 뒤 자신의 사랑을 영원토록 보존하고 싶었던 것 아닐까 짐작해 봅니다. 지슬렌에 대한 현재의 사랑, 이제는 곁에 없다는 사실만으로 겪는 고통의 사랑, 그리고 그 고통의 감정을 받아들이며 삶을 긍정하는 사랑의 과정을 마치 아름다운 정원을 꾸미듯 차분히 글로 써 내려갔죠. 어쩌면 이것은 16년간의 사랑을 정리하는 시인의 가장 온전한 방식이 아니었을까요. 여러분과 잠시나마 같은 정원을 거닐 수 있어 행복했습니다.

2

오해는 흔하고
이해는 희귀하다

『우리 사이엔 오해가 있다』
이슬아, 남궁인

누군가에게 글을 쓰다 보면 새삼 우리가 참 서로 다른 존재라고 느낍니다. 나에게 재미있는 이야기가 상대에게도 꼭 재미있는 것은 아니잖아요. 나에게는 충격적인 일이 타인에게는 대수롭지 않은 일이기도 하고, 나에게는 진짜 나쁜 놈인데 상대가 보기엔 아무 문제가 없을 수도 있죠. 내가 생각하는 타인과 세상은 전혀 다른 모습이기 때문에 상대의 마음을 내가 안다는 말은 쉽게 할 수 없겠죠. 서로 간의 대화가 미묘한 파장의 차이로 어긋나고, 속상한 마음조차 제대로 전해지지 않는 순간은 흔하게 벌어집니다.

김소연 시인은 『마음사전』이란 책에서 "'이해'란 가장 잘한 오해이고, '오해'란 가장 적나라한 이해다"라고 표현했습니다. 누군가가 나를 이해한다는 건 내가 원하는 대로 나를 잘 오해한 것일 수 있고, 또 다른 누군가가 나를 오해했다면, 오히려 내가 보여 주지 않으려 했던 내 속을 꿰뚫어 본 것일 수도 있죠. 오해와 이해는 언제나 나와 타인 사이에 일어나기에, 우리는 상대를 통해 끊임없이 나의 생각과 입장이 나 혼자만의 것인지 확인하려 하고, 어느 정도 공감대를 형성한 뒤에야 비로소 나의 존재를 인정받는다고 느낍니다. 저는 나와 남 사이엔 오해가 기본이라고 생각하고, 가끔 이해받을 때면 특별히 감사하는 편입니다. 상대가 나를 꼭 이해한다는 법은 없잖아요.

각자 멋져서 오해할 부분이 별로 없을 듯한 이슬아·남궁인 작가의 『우리 사이엔 오해가 있다』를 읽었습니다. 이슬아는 글 잘 쓰고 힙한 「일간 이슬아」의 그 이슬아 작가이고, 남궁인은 응급의학과 전문의이자 『만약은 없다』를 쓴 엄친아 작가입니다. 둘은 서로를 '느끼한 남궁인 선생님', '징그러운 이슬아 선생님' 등으로 부르며 편지를 쓰는데요. 편지를 엮어 낸 책은 많습니다만 이 둘의 편지는 사랑, 우정, 존경, 그런 흔한 분류에 속하지 않아서 독특합니다.

두 사람은 미지의 영역에 있는 서로를 탐구하며 추측합니다. 상대의 편지를 읽고선 따박따박 따지거나 해명하기도 합니다. 하나의 글 안에서도 여러 인격을 보여 주고 들키며 서로를 놀리고 또 걱정합니다. 슬픈 이야기를 하다가도 금세 농담을 건네며 편지를 보내고 또다시 답장을 기다립니다. 시답잖아 보이지만 굉장히 중요한 화두를 던지며 각자의 해답을 내놓기도 합니다. 이를테면 '우리는 왜 첫 책『일간 이슬아 수필집』,『만약은 없다』이후 다음 책들을 더 성공시키지 못하는가?', '작가의 연인이 되는 건 좋은 일인가?' 등을 쉴 새 없이 이야기하죠. 연애편지가 아니어서 묘하게 끌리고, 우정인가 생각하면 우정이겠지만, 이 둘의 관계는 제목처럼 두 사람 사이의 오해와 이해의 과정 그 어딘가에 머물러 있어 지켜보는 재미가 있습니다.

남궁인은 편지에서 이슬아를 '진심으로 인간을 궁금해하고 공감하는 사람'이라고 표현했습니다. 저는 어떤 사람인가를 생각해 보았는데, 남이 어떤 사람인지 궁금해할 때도 있지만 그저 속으로만 상상의 나래를 펼치는 사람인 것 같아요. 먼저 말을 걸고 질문을 건넬 용기는 좀처럼 생기지 않는 걸 보면 저는 그다지 남을 궁금해하지 않는 건지도 모릅니다. 아니면 우리 간의 오해를 구체화하는 것이 두려워 모른 척하는 사람일지도요. 이 책을 읽으며 나에게도 이렇게 편지로 서로의 다른 점을 가까이 살펴보는 기회가 주어진다면 어떨까. 두 사람을 부러운 눈길로 바라보았습니다.

책을 읽다 보면 누군가를 이렇게 대담하고 화끈하게 궁금해할 수 있을까 싶은 이슬아에게 반하고, 또한 누군가의 돌직구에 이렇게 진지하게 답할 수 있을까 싶은 남궁인의 특별함에 사로잡히죠. 꾸준히 오가는 정성스러운 편지로 두 사람은 조금씩 서로를 알게 됩니다. 여기서 주목해야 할 점은 이 책이 둘 간의 비밀 교환 일기가 아니라, 실은 출판과 독자를 염두에 두고 쓰인 원고라는 점인데요. 둘 간의 오해는 이미 둘만의 것이 아니며 언제나 독자와의 오해를 통해 반짝반짝 빛나기 시작합니다. 어느 순간 서로를 이해하는 과정에서 독자인 우리는 카타르시스를 느낍니다. 저는 남궁인이 쓴, 이슬아를 처음 평가하는 '조선 힙스터'란 표현에 진심으로 동의합니다. 아마 그녀의 겉모습만 바라본 우리는 같은 생각을 하고 있지 않을까요. 그런데 힙스터에게도 주기적으로 몸과 마음의 연약한 순간들이 찾아온다는 걸 이슬아의 편지를 읽으며 알게 되었죠. 한편으로 이슬아가 남궁인에게 보내는 섬세하면서도 위악적인 질문들에선 오히려 따사로움이 느껴져 웃음이 새어 나왔어요. 누군가 시간과 정성을 들여 나를 이렇게 까(?)준다면, 엄청나게 기분 좋을 것 같은데.

반면 '슬픔을 무기로 삼는 남자' 남궁인은 우리 삶의 아픔을 글로 쓰는 데는 둘째가라면 서러운 사람이지만, 실은 굉장히 무던한 몸과 체력을 갖고 있다는 것이 본인의 편지로 밝혀지죠. 일상에서 놀라운 여러 가지 일들 — 집에 도배를 직접 한다든가, 무일푼으로 세계 여행을 떠나 사서 고생한다든가, 10킬로미터를 평소 운동 삼아 냅다 달려 버린다든가 — 을 해 내는 모습은 편지를 읽기 전엔 전혀 상상할 수 없었습니다. 책을 읽고 나니 앞으로 남궁인 작가의 글을 읽을 때 이제 조금 덜 걱정하며 읽겠더라고요.

한편 나도 누군가와 편지를 주고받았을 때를 회상하는 분들도 있을 겁니다. 저 역시 지난날에 쓴 연애편지들이 꽤 괜찮았다고 생각하기에 몇 통의 편지를 떠올려 보았죠. '그때 스캔이라도 미리 하고 보낼 걸…' 이미 제 손에 없어 아쉬울 따름입니다. 저는 연애할 때마다 여러 편지를 써 보곤 했지만, 성장하면서 점차 연애편지 쓰기에 시들해 졌습니다. 내가 밤새워 쓴 비유와 상징이 담긴 편지를 전혀 이해 못 하는 남자에게 보내는 일이 허탈하다는 걸 깨달았던 거죠. 제 편지를 읽고 저의 진심 어린 마음이나 문장력, 유머 감각을 진정으로 칭찬하며 감탄해 준 사람은 딱 한 사람뿐이었습니다. 해외에 머물렀던 기간이나 결혼식 전날 등 특별한 때 아버지에게 종종 이메일을 보내곤 했거든요. 아버지는 저와 성격이 가장 비슷해서 저를 이해하기 쉬우셨을 테고요. 어쩌면 저는 나를 온전히 이해하는 사람에게, 그리고 오해해도 모든 것을 관대하게 받아 줄 사람에게 글을 쓸 때만 안온하다고 생각했나 봐요.

또 하나의 이유는 편지 주고받기를 좋아하는 사람과 사랑에 빠진 적이 별로 없기 때문이죠. 남편은 책을 무척 좋아하지만 유독 연애편지를 쓰는 데는 서툰 편이었습니다. 사랑 표현(?)은 글이 아닌 말로 하자는 남편의 설득에 자연스레 넘어갔습니다. 하지만 그는 결혼 후 1년간의 신혼 일기를 책으로 출간했고, 이것은 제가 그를 오해한 일이 이해로 바뀌는 마법 같은 순간이었죠.

결국 저는 연애편지 대신 책을 읽고 편지를 쓰는 사람이 되었네요. 이 과정은 어쩌면 책이 아니라 '나'의 마음을 매달 털어놓는 일 같습니다. 여태까지는 매달 책편지를 보낼 때마다 많은 공감을 얻고 싶었는데요. 이 책을 읽고 나니 어쩌면 여러분께서 동의하지 못하거나, 우리 사이에 작은 오해가 생긴다고 해도 썩 나쁘지 않겠네요. 이 두 사람의 말마따나 오해는 흔하고, 이해는 희귀하며, 우리들의 우정도 이제 시작이니까요.

3

마주하기 힘든
모난 외로움

『올리브 키터리지 Olive Kitteridge』
엘리자베스 스트라우트

최근 몇 년간 사업을 하면서 외로움이란 주변에 사람이 없는 데서 생겨난 것이 아니라, 내가 고민하는 문제를 어느 누구에게든 편하게 털어놓고 말할 수 없는 데서 생겨난다는 것을 알게 되었습니다. 일이 언제나 잘 풀릴 수만은 없기에 어떤 날은 퇴근 후 집에 돌아왔을 때 세상에 오로지 나 혼자처럼 느껴지고, 가족조차도 내 마음을 어둠의 구렁텅이에서 끌어내지 못할 때가 있었습니다. 그래서 저는 외로움에서 벗어나고자 곁에 있는 사람들과 의논하며 문제를 해결하는 법을 배워야 했어요. 아나운서일 때는 내 감정을 잘 숨길수록 전문가답다고 생각했는데, 이제는 감정을 표현하고, 복잡한 문제는 해결하며, 우울한 감정은 해소하려는 노력을 시작한 거죠. 가끔은 쉽지 않은 인생의 문제들을 맞닥뜨리며, 해결책을 하나하나 찾는 어른의 삶을 사는 게 서글프기도 합니다.

자극적인 서사도 거대한 사건 사고도 없지만, 그런데도 매우 치열하고 녹록지 않은 우리의 삶과 똑 닮은 책『올리브 키터리지』를 읽었습니다. 주인공 올리브 키터리지는 도무지 주인공 감으로 보이지 않습니다. 한때 수학 선생님이었던 중년 여성 올리브는 "젠장!"이 입에 붙은, 그보다 더 심한 말도 잘 하는 괴팍한 사람입니다. 입만 거친 게 아니라 온화한 성품의 남편 헨리를 비롯해 책에 등장하는 인물 대부분에게 톡 쏘아붙이거나, 비아냥대거나, 성질내는 인물이죠. 처음 본 사람의 외모와 성격 비하는 일상이고, 수시로 하는 뒷말에 크고 작은 질투와 복수심, 타인의 불행에 위안을 얻습니다. 큰 악의는 없지만 꾸준히 날이 서 있고, 자신을 불행하게 만드는, 우리 주변에도 종종 볼 수 있는 그런 사람입니다.

착한 남편 헨리는 무서운 부인에게 "결혼하고 수십 년을 같이 사는 동안 당신은 한 번도 사과한 적이 없는 것 같아. 무슨 일에도."라고 말합니다. 이때 올리브는 "아 뭔 소리를 하는 거야, 사과? 좋아, 정말 미안해, 이렇게 지랄 같은 마누라라서 참 미안하네!"라고 외치죠. 그녀는 까칠하고 자기중심적입니다. 물론 그녀의 남편이라고 완벽한 사람은 아닙니다. 처음에는 남편이 매우 힘들겠다 싶은데, 점점 올리브가 이해되기도 하거든요. 하지만 책의 마지막 몇 페이지가 남았을 땐 그녀의 퉁명스러운 말투가 마음을 깊게 파내 눈물이 고였습니다. 아마 그녀가 외로움을 감추기 위해 처절하게 노력하는 모습을 알아챘기 때문일 겁니다. 올리브도 좋은 아내, 좋은 엄마, 좋은 이웃이 아닌 채로 살아간다는 것이 사실은 정말 외로웠을 거예요. 그래서 오히려 "젠장" 하고 화를 내면서 외로움을 감추려 하지요.

이 책은 2009년 퓰리처상을 받았습니다. 수상을 강조할 생각은 없지만, 궁금하지 않으신가요. 얼핏 시시해 보이는 보통 사람들의 소소한 이야기이며, 까칠한 올리브 키터리지에게 무엇을 느낄 수 있는지. 무심코 책을 읽다가, 초반부를 지나고 나니 점차 이 책이 끝나 가는 게 아쉬워졌습니다. 책의 상당한 두께에 감사하게 되고, 올리브 키터리지와 남편 헨리를 둘러싼 인물들의 사소하지만 그 나름대로 중요한 순간들을 지켜보며 마성의 매력에 사로잡히곤 했습니다.

한 에피소드에선 젊은 아내가 사랑하는 남편의 장례식을 치르는 장면이 나옵니다. 슬픔 속에서도 아름답고 경건한 분위기가 이어지자 올리브 키터리지는 이런 장례식에 서조차 자신의 자리가 없다고 여기죠. 천성이 다정하고 따뜻한 미망인, 진심으로 위로하는 지인들의 모습에 묘한 질투심과 거리감을 느끼죠. 그들에게 가까이 다가설 수 없음에 올리브는 낙심하고 좌절합니다. 그녀는 위로하고자 장례식에 온 것이 아니라, 어쩌면 누군가의 슬픔을 보며 자신의 어두운 마음에 한 줄기 빛이 비칠지도 모른다는 희망을 품었기 때문이죠.

그러다 미망인은 우연히 장례식에 참석한 한 여인의 폭로로 남편의 과거 외도 사실을 알게 되고, 정신적 혼란에 빠집니다. 충격과 분노, 고통을 따져 물을 남편(놈)은 이미 세상을 떠난 상태입니다. 그때야 힘을 얻은 우리의 올리브는 미망인 곁에 다가가 실컷 험한 말을 해 주죠. 불륜녀를 향해 "저런 잡것을 봤나!"라고 외쳐 주는 올리브. 젊은 미망인은 올리브에게 고마움을 표하며, 남편과 소중했던 추억이 담긴 물건을 대신 버려 달라고 부탁합니다. 올리브는 이런 도움을 주는 일에 아주 제격인 실력자죠.

올리브는 슬픔에 잠긴 미망인을 따뜻하게 위로해 줄 수는 없습니다. 본래 타고난 성격일 수도, 아니면 삶에 부침이 많아 뒤틀리고 서툰 것인지도 모르죠. 책을 읽다 보면 어느새 올리브를 화나게 하는 것들을 같이 미워하게 됩니다. 선하지만 때로는 참 답답한 남편이라든지, 엄마의 사랑도 모르고 자기만 생각하는 냉담한 아들이라든지, 그 외 무심하고 잔인한 질문을 던지는 주변 사람들에게 올리브의 외로움을 한 번 바라봐 줄 순 없냐고 물어보고 싶어집니다. 하지만 다정한 눈길로 바라보려고 노력해도 올리브를 사랑하기는 쉽지 않을 거예요.

걸음마를 하던 어린 아들이 창턱의 제라늄을 만지려고 손을 뻗는 순간, 올리브는 꽃을 망가트리지 말라며 아들의 손을 탁 때리는 엄마였습니다. 하지만 맹세코 아이를 사랑했죠. 아들은 장성하자 함께 있으면 힘들게 하는 엄마를 떠나려고 합니다. 남편을 비롯해 그의 주변 사람들 역시 떠나거나, 떠나고 싶어 하거나, 딱히 떠날 필요가 없어서 곁에 있는 것뿐입니다. 그녀는 치과에 충치 치료를 받으러 갔을 때, 부드럽게 턱을 잡은 의사의 손길에 자신도 모르게 차오르는 눈물을 흘립니다. 외로움이 너무 깊어서인지 그것이 마치 친절인 것처럼 느껴졌던 겁니다. 그녀가 가진 외로움은 무척 거칠고 뒤틀린 모양으로 주변 사람들에게 상처를 주곤 합니다. 하지만 우리가 모두 그렇듯 올리브 역시 누군가 그녀를 향해 손길을 내밀어 주기를 간절히 바라죠. 때로는 내가 '외롭다'라고 말하지 않아도, 누군가가 알아주는 것만으로도 그 깊은 외로움이 사라지기도 합니다. 그녀는 매 순간 간절히, 누군가 자신의 외로움을 이해해 주기를 바라고 있는 듯해요.

우리가 올리브만큼 괴팍하지는 않지만, 그녀가 느끼는 외로움은 분명 우리 모두 겪어본 적이 있습니다. 누구도 나를 사랑해 주지 않는다고 느꼈던 순간, 사랑했던 사람을 잃어야만 했던 순간, 온 힘을 다했지만 결국 삶의 덧없음을 느껴야 했던 순간들. 그렇기에 우리는 어느 순간 올리브에게서 눈을 떼지 못하며, 그녀의 뒷모습을 따라가게 됩니다.

제가 10년 전쯤 이 책을 읽었다면 올리브를 얼마나 이해할지 모르겠어요. 기껏해야 '성격이 나빠서 곁에 두기 싫은 사람' 정도였겠죠. 하지만 지금의 저는 올리브를 보며 제 주변에서 줄곧 보았던 이들의 얼굴, 그리고 저 자신의 얼굴을 볼 수 있습니다. 예전엔 '절대 안 돼', '말도 안 돼'라고 여겼던 것이 꽤 많았는데요. 방송일이나 사업 등 다양한 일을 하면서 이제 세상에는 '절대로' 안 되는 것도 없고, 알고 보면 '다 말이 된다'는 걸 받아들이게 되었습니다. 나보다 더 행복하게 잘 사는 사람도 고민과 아픔이 있다는 것을 알고요. 나보다 힘든 사람을 볼 땐, 적어도 그에게 어떤 태도를 보여야 할지 알고 있습니다.

인간은 완벽히 혼자 있는 순간이 되어야 비로소 자기 모습을 제대로 볼 수 있는 듯합니다. 언젠가 올리브가 진정한 자기 모습을 먼저 바라보게 된다면, 자신을 둘러싼 외로움의 모양도 이해하게 될 겁니다. 그 과정을 돕는 누군가가 곁에 있어 준다면 더욱 좋겠고요. 이 책은 몇십 년이 지난 뒤에도 다시 읽을 만한 가치가 있습니다.

4

권태도 사랑이라
부를 수 있다면

『타키니아의 작은 말들Les Petits chevaux de Tarquinia』
마르그리트 뒤라스

애덤 드라이버, 스칼릿 조핸슨 두 배우의 열연으로 호평받은 영화 「결혼 이야기」는 결혼의 끝에 다다른 두 사람의 관계를 이야기합니다. 아내는 권태롭고 무미건조했던 삶을 살았지만, 남편과 사랑하면서 살아있는 기분이었다고 말하죠. 그런데 어느 순간부터 자신이 초라해졌고, 자신은 남편의 인생에 생기를 더하는 존재일 뿐이었다고 말합니다. 삶의 권태로움에서 벗어나게 해 준 사랑이었지만 결국 권태로운 관계로 변해 버렸고, 아내는 자기 세계를 만들고자 이혼을 선택합니다.

이 영화를 보면서 저의 결혼 생활을 생각해 보았죠. 어느덧 결혼한 지 6년 차에 접어들면서 남편에 관한 크고 작은 궁금함이나 관심 대신 이제는 익숙함과 편안함을 느낍니다. 남편이 옆에 있어도 마치 혼자 있는 듯 의식하지 못하는 순간들을 진심으로 즐기고 있습니다. 그래서인지 저는 열렬한 사랑 이야기만큼이나 그 이후 위기가 찾아오는 이야기에도 끌립니다. 현실에서 위기를 만들어 낼 순 없으니 문학으로 대신 즐겨 본다고 할까요. 이 책 『타키니아의 작은 말들』을 몇 장 읽으며 생각했습니다. '아, 내가 좋아하는 스타일이군.'

만물이 죽은 듯 정지되어 버릴 듯한 더운 여름, 이탈리아의 바닷가 마을에 자크와 사라, 루디와 지나 부부, 독신인 다이아나 이렇게 다섯 명의 친구가 휴가를 옵니다. 두 부부는 뜨겁게 사랑했고 결혼한 후 오랜 시간 서로에게 익숙해진 사람들입니다. 낮에는 가혹할 정도로 덥고, 밤에도 열기가 가시지 않는 곳이라 그들은 불평을 늘어놓으면서도 매년 같은 곳으로 휴가를 오죠. 마찬가지로 두 부부는 서로에 관해 이제 남은 애정 따윈 없이 살아가는 듯 보여요. 차이점이 있다면 지나와 루디 부부는 얼굴만 마주치면 물어뜯고 싸우지만, 실은 서로가 없이 살아가는 것을 상상할 수 없습니다. 오랜 세월 '위대한 사랑의 황금 감옥'에 기꺼이 갇힌 모습이죠. 반면 주인공 자크와 사라 부부는 큰소리치며 싸우지도, 서로를 증오하지도 않지만 책에서는 이런 대화들이 수시로 등장합니다.

"다 지겨워? 그런 거야?"

"그거야, 지겨워서 그래."

"바람피우고 싶지 않아?"

"나도 당신과 마찬가지지."

그중 삶의 공허함을 가장 크게 느낀 '사라'는 휴가지에서 그을린 피부에 매끈한 몸, 멋진 모터보트를 가진 낯선 남자를 우연히 만납니다. 사라는 처음 본 순간 그가 눈에 들어왔고, 그도 처음부터 사라에게 관심을 보이는 게 틀림없습니다. 처음 만난 남녀의 은밀한 시선 교환, 친구들과 함께 있을 때도 그들만의 비밀이 커지는 모습, 각각의 인물들에게 빠져들게 만드는 배경 묘사, 새로운 사랑과 유혹에 거침없이 행동하는 인물들, 서로의 장점뿐 아니라 불완전함까지도 사랑해 주는 친구들의 모습도 인상적입니다.

프랑스 소설을 읽다 보면 아무래도 우리와는 정서가 좀 다르다고 할까요. 아무렇지 않게 "사실 난 밤마다 다른 남자를 꿈꿔", "응 나도 그래"라는 대화를 나누는 부부. 남편이 있는 여자인 걸 알면서도 은근한 눈빛에서 점차 뜨거운 눈빛을 보내는 남자. 아내와 남자 사이에 무슨 일인가 벌어졌음을 알면서도 내색하지 않는 남편. 심지어 남편도 평소 바람피운 것으로 보이지만 그런 상황을 알면서도 태연히 부부 동반 여행을 즐기는 친구들. 심지어 남자와 남편은 사실 확인차 둘이 웃으면서 대화도 나누고요. 저는 이국의 문학을 읽을 때면, 내가 절대적이라고 믿었던 어떤 도덕이나 질서들이 모든 부분에 완벽하게 적용될 수 없다는 걸 느낍니다. 심지어 '남자'의 등장 이후 사라와 자크는 어느 때보다 진심으로 서로를 대면하며, 솔직한 이야기를 나누지요.

이 책 제목의 '말'이 당연히 말word을 의미하는 줄 알았는데 말horse이었습니다. 말은 이들이 권태를 대면하고 새로운 국면으로 나아가는 상징으로 쓰이는데요. 자크는 어느 날 사라에게 타키니아로의 여행을 제안하며, 루디가 이야기하던 작은 말들을 보러 함께 가자고 합니다. 수천 년 전 만들어진 말 조각상을 왜 보자고 하는지 책에 나오지 않지만, 권태기에 이르러 이별까지 생각하던 부부에게 이 여행의 의미는 '새로운 출발'이었겠죠. 사라가 결국 이 여행을 떠났는지는 소설에 담겨 있지 않습니다.

사랑은 권태를 포함한 모든 것까지 온전히 감당하는 것, 그러므로 사랑엔 휴가가 없다고 뒤라스는 자크의 입을 빌려 말합니다. 삶이 '아름다움과 구질구질함과 권태'를 끌어안는 것처럼, 사랑도 거기서 벗어날 수 없죠. 우리는 사랑의 종말이 '권태'라고 흔히 생각하지만, 뒤라스는 사랑은 권태까지도 포함한다고 말합니다.

뜨거운 햇빛에 녹아내릴 듯한 더위 속 유일한 구세주로 자주 등장하는 술은 '캄파리'입니다. 자크와 사라, 루디와 지나 부부, 다이아나는 가혹하게 푹푹 찌는 날씨 속에서 매일 느지막이 일어나, 바다 수영을 하고, 낮잠을 자며, 다시 수영하고, 저녁을 먹고 공놀이하는 내내 끝없이 캄파리를 마셔댑니다. 붉은빛 칵테일의 달큼하며 시원한 액체가 목구멍을 넘어가는 듯한 느낌이 상상되더라고요.

나른하고 차분하게 시간을 흘려보내는 인물들의 모습을 보며 또 다른 프랑스의 여성 예술가인 프랑수아즈 사강이 생각나기도 했습니다. 사강이 그의 책『브람스를 좋아하세요...』에서 그랬듯, 뒤라스도 갓 피어난 사랑에 도취한 인물들의 모습, 그러나 그 뒤에 찾아오는 허망함과 권태감을 절제된 언어로 유려하게 그려 냈습니다. 저는 때로 엄격한 도덕주의에서 벗어나 흔들리는 인간들의 모습, 역사와 사회, 정치적 의식에서 멀어져 어린아이들처럼 보이는 인간들의 모습이 가득한 문학을 읽을 때 어쩐지 휴가지에 온 것 같다고 할까요. 한껏 이 세계를 떠난 듯해 잠시 삶의 궤도를 벗어난 기분입니다.

프랑스에서 이 책을 읽은 한 청년은 뒤라스의 글에 반해 그녀의 모든 책을 찾아 읽습니다. 그 청년은 스물여덟 살이 되던 해 예순여섯 살이었던 뒤라스를 찾아가 그녀의 마지막 동반자로 함께 지냈다고 합니다. 그 청년은 뒤라스의 구술을 타자기로 두드려, 그녀의 대표작『연인』을 완성한 '얀 안드레아'입니다. 이 이야기가 담긴 서문을 읽느라 책에서 눈을 뗄 수 없었죠. 얀을 뒤라스의 세계로 초대한,『타키니아의 작은 말들』은 뒤라스의 소설 중에서는 제일 쉽고, 전통적인 소설 기법에 가장 가까운 책으로 처음 그의 문학을 접하는 이들에게 추천할 만합니다.

이 책의 메시지를 조금 이해한다고 말하려니 살짝 남편의 눈치가 보이네요. 하지만 저 역시 어느덧 바쁜 일상 속에서, 지치지 않은 맑은 눈빛으로 서로를 바라보며, 끝없이 이어지는 대화를 나눌 만한 여유를 점차 잃어 가는 듯하여 미세한 슬픔에 빠질 때가 있습니다. 하지만 낯설고 새로운 사랑이 결코 대체할 수 없는, 서로의 마음속에 뿌리 내린 신의와 우정, 사랑의 소중함에 눈을 떠 가고 있답니다.

5

문득 삶이 사랑스럽게
느껴지는 순간

『트로츠키와 야생란』
이장욱

저는 방송국 아나운서로 일하면서 틈날 때면 소설이나 드라마 각본을 쓰는 작가가 되면 좋겠다는 생각을 했던 적이 있어요. 평소에 글 쓰는 것을 좋아하니 어쩌면 가능하지 않을까 생각했는데 소설 작법 클래스를 수강했다가 얼마 지나지 않아 포기해 버린 경험이 있습니다. 이야기를 창작하는 일이 생각보다 꼼꼼하고 촘촘한 계획과 끈기가 필요하다는 걸 배웠기 때문이죠. 첫 주 숙제를 하면서 저는 상상의 힘을 발휘해 살을 덧붙이기보다는 사실이라 생각되는 것들을 정리하고, 분류하며 판단하는 일을 좋아한다는 걸 깨달았죠. 그렇다면 픽션은 저의 길이 아니었을 테고요.

그래도 한때 소설 작법에 관심을 가진 덕분에 정말 멋진 소설을 많이 읽을 수 있었습니다. 만들어 내는 것과 즐기는 것은 별개이니까요. 당시 흥미롭게 읽었던 소설집 중 하나가 이장욱 작가의 『기린이 아닌 모든 것』이었는데, 그 책에 맨 처음 나오는 단편 「절반 이상의 하루오」는 아직도 기억에 남아 있어요. 이 책을 저에게 선물로 준 친구도 직장에 다니며 소설을 써 보려고 했죠. 그땐 서로가 그런 꿈이 있다고 차마 밝히지 못했지만, 나중에 그는 그 꿈을 이루었습니다.

「절반 이상의 하루오」는 비행사의 꿈을 접고 취업을 준비하던 나와, 공무원을 꿈꾸었으나 승무원이 된 여자친구가 함께 여행을 떠난 인도행 열차에서 만난 하루오와 겪는 짧은 기억으로 이루어져 있어요. 여행 작가로 홈페이지를 운영하며 수입을 얻고 여행지에서는 자신이 하고 싶은 일을 마음껏 하며 살아가지만, 일본에 돌아가면 '죽은 듯이' 살아간다는 하루오. 살다 보면 누구나 기억에 남을 만한 독특한 캐릭터를 만날 때가 있죠. 이 책은 그러한 순간을 포착한 듯, 여행 중 만난 하루오라는 특별한 인간을 통해 포기해 버린 제 절반의 삶을 생각하게 합니다. 하루오를 향한 동경은 제가 이루지 못한 다른 삶에 의해 생긴 진한 상실감과 연결되어 있지요.

평범한 장면에서 평범하지 않은 것을 이야기하며 나의 삶을 돌아보게 하는 이장욱 작가의 신작 소설집을 읽었습니다. 이 책 『트로츠키와 야생란』에는 주로 이 세상을 떠나 멀어져 간 이들, 그리고 그들을 마음에 품고 살아가는 주인공들이 등장합니다.

표제작 「트로츠키와 야생란」의 배경은 영하 27도의 시베리아 한복판입니다. 거센 눈보라가 몰아치는 풍경을 바라보며 시베리아 횡단 열차를 타고, 내려서는 차를 타고 또 한참을 달려 지상에서 가장 넓고 깊다는 바이칼 호수에 닿은 주인공. 이곳은 '나'와 '너'의 추억이 담긴 곳이지만, '나'는 사랑하는 사람을 잃고 홀로 이곳에 왔습니다. 활동하던 단체에서 부당한 음해와 공격을 받아 힘겨워하던 '너'는 산에 갔다가 벼랑에서 떨어지고 말았습니다. '나'는 너를 음해한 '그자'를 계단에서 밀치는 복수를 한 끝에 두려움을 느끼며 러시아로 도망치게 됩니다. '나'는 그곳에서 트로츠키라는 남자를 만나 얼음 호수 안의 섬에 머물게 되죠. 추운 시베리아에서도 온실 속에 피어나는 야생란을 접하며 문득 '나'는 어떤 깨달음을 얻게 되고, 돌아가야겠다는 생각에 얼어붙은 호수를 건너기 시작합니다.

책을 읽으며 어쩜 이렇게 시베리아를 섬세하게 묘사했을까 생각했는데, 이장욱 작가는 노어노문학을 전공했고, 러시아에서 1년 정도의 체류 경험이 있다고 해요. 실제로 얼어붙은 바이칼 호수를 건너다가 길을 잃은 적도 있다고 합니다. 그렇다고 해도 타지의 환경과 기후뿐 아니라 사람들의 말투와 표정, 생각과 태도, 밥을 먹고 차를 끓이며 일상을 유지하는 방식까지, 아무리 본 적이 있다고 해도 이렇게까지 섬세하게 그려 낸 것에 더욱 감탄할 수밖에요.

훌륭한 작가님들 덕분에 독자들은 묘사가 탁월한 소설을 읽을 때면 머릿속에 실제로 보지 않은 풍경들을 그려낼 수 있게 되잖아요. 이 글을 읽고 나니 마치 저는 시베리아의 풍경과 바이칼 호수를 한 번쯤 바라본 듯한 착각이 들기도 했습니다. 한편 평범한 인물인 '나'의 소중한 사람을 공격하고 다치게 한 '그자'에 대한 분노, 평범하고 건실한 서민이었던 그가 끝내 '그자'를 해치게 되는 마음, 그 모든 감정에도 깊이 공감하며 빠져들었습니다.

시인이자 소설가인 이장욱 작가는 한 인터뷰에서 시를 쓴다는 건 수류탄 던지기에 가깝고, 소설은 길고 지루한 지뢰 매설 작업과 비슷하다고 말했는데요. 제가 그의 소설을 읽을 때마다 감탄해 마지않았던 평범한 듯 평범하지 않은 서사, 환상적인 분위기와 기막힌 표현들, 의도하지 않은 듯 은근히 웃음을 자아내는 부분 하나하나가 작가의 성실한 매설 작업의 결과물인 거겠지요. 이 책은 표제작 외에도 사랑하던 사람을 잃거나 떠나보낸 뒤의 사람들이 많이 나와요. 그러나 죽음을 이야기한다고 해서 반드시 칼로 찌르는 듯한 고통과 슬픔만이 전부는 아니라고 말하는 것 같아요.

작가는 이 책을 쓰기 전에도, 소설을 쓰는 일이란 어쩐지 죽은 사람들과 함께 소설을 쓰는 기분이었다고 합니다. 죽음을 기억하라는 의미의 '메멘토 모리'라는 말은, 죽음이 우리와 먼 듯하면서도 아주 가까이에 있다는 의미로 느껴진다고 말합니다. 작가의 말처럼 우리는 어쩌면 이 삶을 죽은 사람들과 함께 살아가고 있는 것인지도 모르겠어요. 저는 이 책을 한 장씩 넘기며 더욱 실감이 났던 것 같습니다.

이장욱 작가님과 온라인 북토크를 진행한 적 있었는데, 그때 사랑하는 사람을 잃은 한 독자가 상실을 어떻게 받아들여야 할지 모르겠다는 내용을 채팅창에 올렸습니다. 순간 저는 뭐라고 위로를 건네야 할지 머뭇거리고 있었는데, 작가님은 사랑하는 사람이 세상을 뜬 이후에 얼마 동안은 아무 느낌이 없을 수 있다, 시간이 지날수록 그 아픔은 커지지만, 또한 깊어지는 것 같다는 말씀을 해 주셨습니다. 상실의 아픔은 결코 소멸하지 않은 채, 대신 우리 가까이에 머무른다는 책의 메시지가 그대로 마음에 와 닿는 순간이었습니다.

이 책을 읽던 나날은 유독 바빴습니다. 몸과 마음이 분주한 일이 많았습니다. 어떤 날은 초조하고 불안하다가도, 또 다음 날 눈을 뜨면 희망과 환상을 잔뜩 품기도 했지요. 정신없었어요. 돌아보면 어릴 적엔 분명 명쾌하고 단순하며 누구에게든 쉽게 설명할 수 있는 삶을 살았던 것 같은데요. 어른이 되어 갈수록 복잡도가 증가하면서 그로 인해 지치는 순간들도 있는 것 같습니다. 저는 느슨하고 단순한 삶보다 바쁘게 움직이며 목표한 것을 하나씩 성취하는 삶을 동경했습니다. 이제는 그것을 이루었지만, 때론 멀어져 버린 어떤 편안함을 그리워하는 저를 발견해요.

저는 그럴 때 책을 찾게 되는데, 독서도 일종의 산책이라고 생각하거든요. 잠시 걷다 보면 복잡했던 머리가 어느새 개운해지고, 주변 경치를 바라보며 멍한 채 서서 생각지 못한 방향에서 고민의 답을 찾기도 하죠. 일상의 복잡함에 떠밀려 살아가는 우리에게, 떠나간 이들과 그들을 기억하는 이들의 현실적이고도 환상적인 이야기를 들려주면 좋겠어요. 자못 진지한 이 책을 읽는 순간만큼은 저는 현실을 잠시 잊을 수 있었습니다. 사랑과 농담, 아름다움으로 우리를 감싸 안는 듯한 한 편의 소설을 당신에게 보내드립니다.

6

살아온 집에
쌓아 올린 이야기

『친애하는 나의 집에게』
하재영

'집'하면 무엇을 떠올리나요? 피로한 몸을 누일 곳. 제일 안전한 기분이 드는 공간. 한편으로는 부동산을 향한 열망과 욕망이 담긴 단어로 느껴지기도 합니다. "건축가는 건물을 설계하는 사람이 아니라 삶을 설계하는 사람"이라고 말한 고故 정기용 건축가는 "우리 삶에는 유년 시절을 보냈던 기억의 집, 현재 살고 있는 집, 살아보고 싶은 꿈속의 집이 있다"라고 했습니다. 집의 의미는 각양각색이라 정의 내리기 어렵지만, 집이란 공간이 인간에게 부여하는 의미와 서사가 얼마나 큰지 부정하는 사람은 없을 겁니다.

이 책은 대한민국에서 태어나 다양한 집을 경험하며 살아온 한 사람의 자전적 기록입니다. 단편소설로 등단하고 두 권의 소설책을 낸 작가의 단단한 내면과 품위 있는 문장 자체를 읽는 것만으로도 행복을 안겨 준 책이기도 합니다. 작가의 과거부터 현재까지 집을 둘러싼 이야기를 읽다 보면, 어느새 우리는 각자의 집을 떠올립니다. 내가 살던 집의 벽지, 바닥, 장식과 가구, 손때 묻은 흔적들이 떠오를 거고요. 그곳에서 가족 또는 친구와 함께, 때로는 홀로 겪어 냈던 기억들이 살아날 겁니다. 아마 멈출 수가 없을 거예요.

이 책을 처음 만났을 때, '나는 오랜 시간 울었다'라는 띠지의 추천사를 보고 살짝 망설였습니다. 너무 신파인가 해서요. 그러나 책을 읽으며, 추천사의 방점은 '이 책이 내가 살아왔던 집들을 모두 불러냈기에'라는 뒤 문장에 있다는 것을 알았죠. 작가의 슬프고 힘겨웠던 기억에는 눈물이 날 뻔도 했지만, 작가는 기뻤던 기억도, 슬펐던 기억도 담담한 문장으로 써 내려가며 치우치지 않는 내면의 힘을 보여 줍니다.

책을 읽으며, 작가가 말하는 '집'의 역사를 크게 네 가지로 나누어 보았습니다.

(1) 태어난 곳이며 대가족이 함께 살았던 대구시 북성

로의 가옥, 그리고 살면서 가장 호화스러웠던 대구 수성구 '명문 빌라'. 천진하면서도 쉽게 상처받곤 했던 어린 시절의 이야기.

(2) 아버지의 사업 실패로 집을 떠나 전전했던 서울의 곳곳. 때로는 생계와 생명의 위협을 느꼈던 현실 속에서, 인간에 대한 실망과 품위 있는 삶을 갈구했던 청년기.

(3) 온전히 자신의 힘으로 보증금과 월세를 낸 고양시 행신동의 집. 삶을 유지하고자 '작가'의 길보다는 '집필 노동자'의 길을 살기로 한 곳이지만, 비로소 혼자서도 살아가는 진짜 '독립'을 이룬 시기.

(4) 단단한 어른이 되어, 사랑하는 사람과 함께 꾸린 신혼집, 그리고 그동안의 기억을 담아 가족과 함께 만든 현재의 집.

이렇게 작가가 살아온 집의 역사를 구조화하면서 저의 역사 또한 거쳐 온 '집'의 단위로 구조화하는 신기한 경험을 했는데요. 어린 시절 집에서 겪었던 에피소드와 잊었던 감정들이 되살아나고, 어른이 되어 잠시나마 '홀로서기'의 외로움을 느꼈던 순간, 그러다 깨달았던 '혼자'만의 충만한 시간을 기억해 냈습니다. 사랑하는 사람을 만나 살고 있는 '현재의 집'에 대한 감사함까지요. 작가와 제가 같은 인생을 산 것이 아님에도 저의 역사가 고스란히 되살아난 것처럼, 이 책을 읽는 사람들은 모두 자신의 집을 떠올리며 수없이 많은 생각을 하게 될 겁니다.

집에 관한 이야기엔 사적인 내용이 담길 수밖에 없습니다. 저는 사실 '집'을 굉장히 실용적인 의미로 생각해 왔는데요. 떠올려 보면 어머니의 영향이었죠. 제 어머니는 집을 예쁘고 멋지게 꾸미는 데서 만족감을 느끼기보다는, 철저히 저와 동생에게 집이 도움이 될 방법을 연구하는 분이었습니다. 초반부 작가의 '명문 빌라' 이야기에서, 저는 난생처음 제 방과 책상을 갖게 되었던 날을 떠올렸어요. 평범한 샐러리맨이셨던 아버지와 당시 제 나이 정도였을 어머니는 어려서 늘 자신의 방과 책상을 갖고 싶었지만, 그 시절 네다섯 명씩 되었던 형제자매들 사이에서 쉽지 않으셨던 것 같아요.

저는 어린 나이에 일찌감치 제 책상을 가졌는데, 그때는 그것이 어떤 의미인지 몰랐습니다. 젊은 날의 어머니와 아버지는 자식들의 방을 만들고자 많은 시간과 노력을 쏟으셨을 겁니다. 제 방이 생긴 날은, 두 분의 꿈이 이루어진 순간이었을지도 모르죠. 이 책에서 작가는 "집은 우리에게 같은 장소가 아니었다. 누군가에게 집이 쉼터이기 위해 다른 누군가에게 집은 일터가 되었다."라고 말하는데, 작가의 어머니에게도 집이란 휴식의 공간이 아닌, 자식에게 도움이 되는 공간의 의미가 컸을 듯합니다.

저는 이사를 꽤 자주 다녔습니다. 흔히 아버지나 어머니의 직장 사정이나 투자의 목적보다는 철저히 제가 학교나 학원에 편히 다닐 수 있기를 바라셨기 때문에요. 초중고등학교 때는 학교 근처, 대학에 합격했을 때는 환승 없이 한 번에 도착하는 버스 노선이 있는 곳, 심지어 직장에 들어갔을 때도 이사를 하셨습니다. MBC는 제가 입사했을 때 여의도에 있었고, 몇 년 지나지 않아 상암동으로 이사했는데, 어머니는 직장인이 된 딸의 출퇴근을 고려해 또 이사하셨으니 말 다 했지요. '집'은 언제나 자녀의 꿈에 도움이 되는 가장 효율적인 공간이어야 한다는 어머니의 확고한 생각 때문에 가능했습니다.

어린 시절의 가정환경과 사고방식은 어른이 된 뒤에도 영향을 미치는 법이죠. 저는 이사를 자주 다녔다 보니, 사실 사람과의 이별에 크게 연연하지 않는 편이랍니다. 또한 살던 동네가 자주 바뀌어서 새로운 환경에 적응해야 할 때 스트레스를 크게 받지 않았어요. 정말 소중한 인연이라면, 거리와 상관없이 이어 갈 수 있다는 자신감도 있고요. 생각해 보면, 자녀가 조금이라도 편하기를 바라면서 수시로 이사했던 어머니의 단단함이, 제게도 영향을 미친 게 아닐까 싶습니다.

이 책에서 가장 인상적이었던 부분은, 책 후반부에 나오는 아버지에 관한 이야기입니다. 작가는 "아빠는 나를 모르면서도 사랑했고 알면서도 사랑했다. 아빠에게 중요한 것은 내가 어떤 사람인지가 아니라 딸이라는 사실 그 자체였다."라고 말합니다. 이 부분에서 저희 아버지 생각이 많이 났거든요. 서교동의 작은 벽돌 주택에 자리 잡은 서점, 당인리책발전소를 만들면서 아버지는 창틀 하나하나 자기 집처럼 따져 보려 했습니다. 이 책에서와 거의 흡사한 에피소드도 있었지요. 그러나 이미 어른이 됐고, 결혼도 했으며, 사장까지 된 저는 아버지가 여기저기를 살피며 걱정하시는 모습이 썩 편하게 느껴지지만은 않았어요. 그런데 지금은 서점에 무슨 일이 생기면 남편보다도 먼저 아버지에게 연락하고 있습니다.

당인리책발전소의 작은 화단에는 봄과 여름이면 무성해졌다가, 가을과 겨울에는 힘껏 움츠러드는 꽃과 나무들이 있습니다. 아버지는 매번 제가 아무리 말려도 잡초를 뽑으시고, 새로운 꽃을 심어 주세요. 그때마다 여전히 복잡한 마음이지만, 기어이 높은 감나무의 감을 따 주시려 하는 아버지를 볼 때면 살짝 눈물이 난 적도 있습니다. 어쨌든, 저에게는 이제 서점도 거의 '집'이나 마찬가지라서요. 딸이 운영하는 공간을 자기 몸처럼 가꾸는 부모님의 마음을 제 자식이 태어나니 조금 알게 되기도 했습니다.

아마 저처럼, 책을 읽고 나면 모두 각자의 집과 지나온 삶을 돌아보며 어떤 결론을 내릴 수 있을 겁니다. 작가는 자신의 집을 더 나은 공간으로 만들고자 안간힘을 다한 시간은 자신을 책임지기 위해 '아등바등하는 순간'이었다고 말합니다. 작가는 절박하게 애쓰지 않으면 나의 것이라 부를 수 있는 것은 하나도 없다며, 자신이 바꾼 공간이 이곳에서 보낼 시간을 바꿀 거라고 믿었습니다. 이렇게 각자의 내면에는 분명, 살아온 집이 있습니다. 이제, 친애하는 나의 집에 말을 걸어 볼 시간입니다.

각자의 내면에는 분명,
살아온 집이 있습니다.
손때 묻은 흔적들, 가족과 친구,
때로는 혼자 겪은 기억들로
만들어진 집입니다.
이제, 친애하는 나의 집에
말을 걸어 볼 시간입니다.

7

나 홀로 즐기는
행복한 고독

『책의 말들』
김겨울

서점 사업을 시작하고 "한 달에 책 몇 권 읽으세요?", "책을 많이, 그리고 빨리 읽는 방법이 있나요?" 등의 질문을 자주 받곤 합니다. 그럴 때면 책을 '읽어야 한다'라는 마음속 의무감을 가진 분들이 많다고 생각하는데요. 아이러니한 사실은 책을 정말 좋아하고 늘 곁에 두는 사람들은 자신의 '독파력'에 큰 관심이 없다는 것입니다. 오히려 아까워서 천천히 읽어야겠다고 생각할 때는 있지만요. 그저 '좋으니까' 읽는 것일 뿐이죠. 책이 좋아서 많이 읽고, 그러다 보면 빨리 읽게 됩니다. 저는 평소 책은 그냥 좋아하는 음식, 패션, TV 프로그램, 유튜브와 같이 생각하면 된다고 이야기해요. 책을 우월하고 대단하게 여기는 순간 의무감이 생기죠. 제가 좋아하는 '라볶이'에 '책'을 대입해서 생각해 볼게요.

"한 달에 몇 번 라볶이 드세요?"
"먹고 싶을 때? 딱히 세 보진 않아서."

"어떻게 하면 라볶이를 많이, 빨리 먹나요?"

"굳이 그럴 필요가…"

"라볶이를 먹다 남길 때는 없나요?"

"아깝긴 하지만 배부를 땐 남길 수도 있죠!"

"라볶이 안 먹는 사람은 어떻게 생각하세요"

"취향의 차이죠."

"지난번 남긴 라볶이가 생각나서 또 라볶이 먹기가 마음에 걸려요"

"어째서…?"

'에이 그래도 저런 비교는…'이라고 생각하실지 모르겠군요. 물론, 책은 라볶이와 비교하기엔 우리에게 너무나 많은 것을 가져다 줍니다. 내가 경험하지 않은 세상을 만나게 하고, 글 속의 깊고 폭넓은 맥락을 이해하며 사유하는 힘을 길러 줍니다. 각종 상식과 정보, 학문적 결과물을 전달하는 최고의 콘텐츠이기도 하죠. 하지만 책을 정말 좋아하려면 글을 읽고 생각하며 나만의 시간을 진정으로 즐기면 됩니다. 몽테뉴가 말한 것처럼 저는 특히 우울한 생각의 공격을 받을 때면 책 앞으로 달려갑니다. 독서는 은밀하게 나 홀로 즐기는 고립의 시간을 선사해 주고, 책은 나를 빨아들이며 마음의 먹구름을 지워 주는 것만 같습니다.

그래서 김겨울 작가의 『책의 말들』이 출간된다는 소식을 들었을 때 궁금했습니다. 책을 진정으로 즐기는 것을 넘어 유튜브로 수많은 사람에게 책의 세계를 열어 준 사람은 과연 책에 관한 책을 어떻게 썼을까. 이 책은 100권의 책에서 발췌한 100개의 문장으로 밀도 있게 건축된 책이지만, 다행히 우리는 그 책들 하나하나를 전혀 몰라도 됩니다. 아름답고, 재치 있으며, 감동적인 문장들을 뷔페처럼 즐기며 그녀의 생각 주머니를 하나씩 열어 보면 될 뿐이죠.

작가의 말에 따르면 이 책은 순전히 책에 관한 책이 아니라, 책을 읽어 온 김겨울과 그가 살아가는 세계를 담은 이야기입니다. 책을 읽다 보면 생각이 꼬리에 꼬리를 물고, 분명 이를 즐기고 있는 그녀의 매력이 쉴 새 없이 터져 나옵니다. 한편 책을 쓰며 백 번은 머리를 쥐어뜯었겠다는 생각이 들기도 했습니다. 쉬워 보이지만 결코 쉽게 쓴 책은 아니라고 할까요. 한 권의 책으로 여러 가지 흥미로운 고민을 맛볼 수 있다면 소위 '남는 장사'가 되는 그런 책이라 할 수 있겠습니다.

이 책은 순서 상관없이 매일 몇 장씩 읽어도 좋습니다. 가방 속에 작은 책을 넣고 다니며 시간 날 때마다 진정한 '독서가'의 생각을 탐독해 보는 것이지요. 가족과 친구, 동료들과 함께하는 시끌벅적한 생활 속에서 책을 펴기란 쉽지 않지만, 어떤 상황에서든 책은 주위 환경과의 기분 좋은 단절과 새로운 분위기 속에 빠져드는 경험을 선사합니다.

그래서 책을 읽을 때 저는 진정한 의미의 '고독'을 느낀다고 생각해요. 작가는 그러한 고독의 맛을 정말 잘 알고 있고, 글 속에서 독자에게 이래라저래라 하지 않습니다. 읽고 쓰는 과정에서 철저히 고독한 자신의 시간을 소중히 여기지요. 직업의 특성상 그녀는 365일 중 절반쯤은 혼자 커피를 마시며 원고를 쓰고, 빨래와 설거지를 하며 혼자 촬영을 하죠. 그녀는 '고독은 행복의 전제 조건 같은 것'이라고 합니다. 자신은 고독해서 행복을 느끼는 거지 고독함에도 행복을 느끼는 게 아니라고 말합니다.

철저히 고독을 아끼면서도 유튜브와 라디오, 저서를 통해 수많은 사람을 만나고, 자유를 탐닉하지만 매일, 매주, 매월 쏟아지는 마감 작업 속에 자신을 가두는 삶. 작가의 말마따나 그는 '개방과 고립이 기묘하게 공존하는 삶'을 살고 있습니다. 완성되지 않은 자신을 부끄러워하면서도, 세상에 미완성의 자신을 내어놓는 게 왜 필요한지 이해하며 용기를 내죠. 어느덧 우리는 꽤 단단한, 작가의 삶의 기준과 태도에 익숙해집니다.

좋은 책을 읽을 때, 저는 독자로서 작가의 생각과 행위를 이해하고, 그를 상상하게 되며, 심지어 조금은 닮아 가게 되는 것을 느낍니다. 때로는 작가의 마음을 이해하기 어렵거나, 나와는 정말 다른 사람이라고 생각할 수도 있어요. 하지만 독서라는 행위는 결국 세상일과 사람을 다양한 각도에서 바라볼 줄 알고, 내가 경험하지 못한 것은 상상으로 채우며, 생각과 이해의 폭이 깊어지고 넓어지는 경험을 선사한다는 점에서 그 자체로 좋다고 말씀드리고 싶어요.

작가는 책 읽기가 느린 행위라 우리에게 멈춰 서도록 요구한다고 말하죠. 어떤 책에는 저자가 과속 방지턱을 많이 설치해 두는데, 그러한 과속 방지턱은 몇 날 며칠에 걸친 고민으로 완성된다는 겁니다. 제가 책을 좋아하는 이유에도 여러 가지가 있지만, 독서라는 행위가 저에게 위로를 주고, '눈과 귀로 쏟아져 들어오는 정보를 허겁지겁 처리하는 대신 천천히 생각'하도록 만들어 주기 때문입니다. 저는 오히려 '너는 힘을 내야 해', '이 고통을 이겨 내야 해'라고 정면에서 응원과 위로를 하는 책보다는, 어떤 주제이든 꽤 정성 들여 글로 녹여 낸 작가의 마음과 태도, 신념을 자연스레 느끼게 될 때, 그것이 과속 방지턱이 되어 현실의 불안함과 고됨을 잠시 잊게 되는 것 같아요.

영화 「어바웃 타임」에는 주인공의 아버지가 시간을 돌려 책을 읽고 또 읽었다고 이야기하는 장면이 있습니다. 자신이 만든 목록의 책을 다 읽기 위해 끊임없이 과거로 돌아갔다는 거죠. 그건 좀 부럽다는 생각을 했습니다. 책을 계속 읽고자 우리가 과거로 갈 순 없지만, 책에 몰입하다 보면 한결 나아진 듯한 나 자신을 만나는 일만은 충분히 가능할 겁니다.

독서라는 행위는 결국 세상일과 사람을
다양한 각도에서 바라볼 줄 알고,
내가 경험하지 못한 것은 상상으로 채우며,
생각과 이해의 폭이 깊어지고 넓어지는
경험을 선사한다는 점에서
그 자체로 좋다고 말씀드리고 싶어요.

PART 2

무뎌진 감정이
말을 걸어올 때

1

언젠가 행복의 끝에
닿을지라도

『행복의 나락The Lees of Happiness Annotated』
F. 스콧 피츠제럴드

'독서'의 행복을 만끽하고 싶을 때면 저는 고전 문학을 떠올리는 편입니다. 이 책 『행복의 나락』을 골랐을 때만 해도 읽어 볼 만하다는 생각 정도였는데, 조금 한가한 오후에 꼼꼼히 읽다 보니 이야기에서 광채가 나기 시작했습니다. 탁월한 문장마다 포스트잇을 붙였다면 모든 장이 뒤덮일 뻔했죠. 저는 뭔가 붙이기를 멈추고, 햇볕 아래 자리 잡고 한 장씩 음미하기 시작했습니다.

이 책은 이렇게 읽어 보면 좋을 것 같아요.

- 천천히 읽어요. 문장과 인물, 그리고 상황을 음미하듯이.
- 이성을 동경하고 이성애적 사랑만을 화려하게 표현한 이야기가 많아요. 하지만 시대적 한계일 뿐 그게 전부는 아니랍니다.
- '행복의 나락'이라는 제목, 착각이었거나 놓쳐 버린

행복에 관한 이야기입니다.

- 단편들이 다 쉽고 재미있어요. 마지막 장을 읽고 나면 드는 묘한 여운도 놓치지 마세요.

'고전 문학' 하면 무엇이 떠오르나요? 저는 어린 시절 세계 문학을 한 권씩 독파하는 게 취미였던 때가 있습니다. 최근에는 조금 게을러졌지만 그때 많은 작품을 즐긴 덕에 어디 가서 아는 척을 합니다. 평소 많은 책을 읽는 분도 서점의 고전 문학 코너는 빠르게 지나친다고 합니다. 일단 옛이야기이고 아무래도 실용적인 도움을 기대하긴 어려운 건 사실이죠.

"인생 책이 뭐예요?"는 제가 가장 많이 받는 질문 중 하나인데요. 저는 이 질문에 한동안 톨스토이의 『안나 카레니나』라고 답하곤 했습니다. 그런데 제가 추천해서 책을 샀다가 결국 다 읽지 못했다는 말도 숱하게 들었지요. 이처럼 고전 읽기는 쉽지 않습니다. 경험해 보지 못한 시대와 공간을 상상하며, 나만의 사유와 깨달음이 찾아올 때까지 충분한 시간이 필요합니다. 그래도 나만의 차분한 시간

을 가지고, 옆에 아주 맛있는 커피나 차를 두고 문장 하나
하나를 곱씹어 보면 좋겠어요. 유용한 정보나 교훈을 얻고
자 하지 말고, 무심히 이야기 속에 들어가 보는 거예요.

　　고전 중에서는 나름 힙한 작가인 'F. 스콧 피츠제럴드'
는 유명한 『위대한 개츠비』의 작가죠. 영화로 보신 분도
계실 테고요. 20세기의 작가라 그리 옛날 사람은 아니고,
1920년대 미국 사회를 비춘 단편들을 쓴 소위 천재입니
다. 40년 남짓한 짧은 생애 동안 무려 160여 편의 이야기
를 남겼는데, "좋은 이야기는 저절로 써진다"라는 말을 했
을 만큼 술술 글을 쓴 모양입니다. 미국뿐 아니라 세계적
으로도 이 정도 다작은 흔치 않은데, 본인은 스스로가 천
재라고는 생각하지 않았나 봐요.

　　「뉴욕타임스」는 그가 자신이 알고 있는 것보다 훨씬 뛰
어난 작가였고, 문학의 영역에 '세대' 개념을 창조해 낸 작
가라고 극찬했습니다. 헤밍웨이는 "피츠제럴드의 재능이
야말로 나비의 날개가 만들어 낸, 먼지의 무늬만큼이나 자
연스러웠다"라고 말했지요. 하지만 앞서 말씀드린 문학소

녀 시절, 저는 소위 '대작'들을 좋아했어요. 그래서 피츠제 럴드의 『위대한 개츠비』를 처음 읽었을 때 큰 감명을 받지 못했습니다. 문학이 반드시 묵직한 이야기나 메시지를 전 달해야 하는 건 아니지만, 그의 소설은 커다란 담론보다는 화려한 일상이나 순간의 감정을 포착한 낭만적인 이야기 로만 생각했습니다. 그런데 이 책을 읽고 저의 평가가 완 전히 달라졌다는 말부터 하고 싶습니다.

이 책의 첫 번째 이야기인 「오, 붉은 머리의 마녀」.

지루하기 짝이 없는 서점에서 일하는 주인공 멀린. 따 분한 직장만큼 그의 인생은 평범하고 초라합니다. 퇴근한 뒤 이웃집 창문 너머 아름다운 여인 캐롤라인을 훔쳐보는 것만이 그에게 특별한 순간이죠. 그런데 그 여인이 갑자기 서점에 나타나, 멀린을 향해 시집 한 권을 던지는 겁니다. 서점원으로서 멀린은 응당 그녀를 제지해야 마땅하나, 자 신이 그녀와 남다른 교감을 나누고 있다는 (미친) 생각을 합니다. 심지어 책을 던지며 내는 그녀의 웃음소리가 마법 으로 가득 차 있다고 생각하며 "이것도 던져 보세요."라고 권합니다.

피츠제럴드는 이러한 상황을 '멀린은 그녀가 책을 던졌는데도 화가 나지 않았고, 오히려 정신이 황홀했다'와 같은 직접적이고 진부한 문장으로 표현하지 않아요. 피츠제럴드는 마치 우리가 두 눈으로 보고 있는 것처럼, 멀린이 처한 상황과 얼빠진 정신 상태를 생동감 넘치는 문장으로 담아내지요.

그녀는 책을 던지고 훌쩍 나가 버렸고, 멀린은 그 후 몇 년간 그녀를 볼 수 없게 되면서 올리브라는 여인과 결혼을 생각하며 평범한 삶을 살기로 합니다. 멀린이 올리브에게 청혼하던 날 식당 옆자리에 캐롤라인이 앉아 있었습니다. 멀린은 그녀가 멋진 신사들과 유쾌하게 식사하는 모습을 지켜보았고, 그녀의 입에서 흘러나오는 노래 가사를 모두 알아들으며 홀로 그녀를 추앙합니다.

세월이 지나 서점의 지배인이 된 멀린은 비참한 현실을 잊게 해 주던 유일한 행복인 캐롤라인의 환상도 이제는 필요가 없다고 느끼지요. 그러나 다시 캐롤라인과 마주치게 되는데, 그는 그녀가 세월이 흘렀음에도 부활절의 꽃들

만큼이나 찬연히 빛나고, 세월의 환멸과 슬픔이 깃들어 더욱 그윽해진 것에 감탄합니다. 그러나 그 뒤의 결말은 매우 허무하지요. 멀린은 인생의 반 이상 환상을 좇았고, 마지막에 이르렀을 때 자신이 놓친 게 무엇일까 생각합니다. 그는 자신의 삶을 '낭비'라고 표현했습니다. 이것이 피츠제럴드가 말하고 싶었던 것입니다. 행복의 끝, 나락.

피츠제럴드는 단순히 삶의 표면에 몰입했던 게 아니라, 당대의 일을 생생하게 포착하고, 우아하며 찬란하게 그려 낸 작가였습니다. 자유로움, 멋스러움, 사람들의 욕망이 어우러진 '재즈 시대'를 이토록 선명하게 표현한 작가는 없겠지요. 피츠제럴드는 무라카미 하루키에게 '상실'을 가르쳐 준 작가로도 유명한데요. 하루키는 "피츠제럴드만이 나의 스승이자, 대학이자, 문학 동료였다"라고 예찬하기도 했습니다. 잃어버린 기억과 사람들을 회고한 작품 『노르웨이의 숲』은 피츠제럴드 문학의 연장선상에서 읽히지요.

이 책의 제목은 『행복의 나락』이지만, 결코 행복만을 말하고 있지 않습니다. 어쩌면 행복이라고 느꼈던 순간들, 지나가 버린 찰나의 반짝임을 이야기합니다. 행복의 나락, 그 끝에 찾아오는 환멸은 더욱 고통스럽지만, 이 책의 주인공들은 이야기가 끝난 뒤에도 걸음을 멈추지 않습니다.

환상적이며 낭만 어린 이야기들은 더는 현실이 아니기에 한없이 처연하기도, 더욱 찬란히 빛나기도 합니다. 고백하자면, 서점을 열고 초기에는 여전히 문학이 제일 좋았어요. 지친 일상을 뒤로하고 저를 새로운 세계에 데려다주는 창이었으니까요. 사업이 확장되며 조직이 커짐에 따라 비즈니스 감각과 경영 지식을 쌓는 게 중요해졌고, 어느새 감정에 빠져들게 되는 책과는 거리를 두게 되었지요. 어릴 적 피츠제럴드의 소설을 읽었을 때, 빛나는 순간은 짧다는 것을 알지 못했습니다. 여전히 젊은 날이지만 이제는 그의 소설들이 왜 아름다운지를 알아요. 금세 손가락 사이로 빠져나가 버릴 행복 속에서 이제는 온전히 숨 쉬며 살아가려 합니다.

2

다정한 마음이
우리를 구해 낼 때

『다정소감』
김혼비

저는 무뚝뚝함과 다정함 사이에서 '나는 어떤 사람인가' 고민했던 적이 있습니다. 가족들이나 어린 시절 친구들에게는 줄곧 무뚝뚝하다는 말을 들었고요. 성인이 된 후 만난 사람들에게는 친절하고 다정한 면도 있다는 말을 듣긴 했습니다. 저는 한결같이 다정한 사람은 아닌 듯하지만, 마음만은 차갑지 않은 사람이 되고 싶습니다. 지나치게 다정해서 실수하고 싶지도 않고요. 다른 사람의 경계를 침범하지 않으면서 적당한 정서적 거리감을 유지하려고 합니다. 한때 문유석 작가의 『개인주의자 선언』을 인상 깊게 읽었는데, 선언까지는 못 하겠지만 적당한 개인주의를 옹호합니다.

저는 평소 '다정함'에 크게 신경 쓰는 사람은 아니기에 『다정소감』이란 제목을 보고 제 취향에 맞을지 궁금했습니다. 일상의 소소한 장면들에서 얻은 크고 작은 다정의 소감을 담은 에세이지만, 중반쯤 읽을 때까지 '어디가 다정하다는 거야?' 했어요. 다정하지 않다기보단 웃음이 나오고 통쾌한 구석이 많아 공감하며 읽었죠. 그는 작가로서 '김솔통' 같은 글을 쓰는 것이 목표라고 밝히는데, 지구상의 중요도에 있어서 김이나, 김 위에 바르는 기름이나, 기름을 바르는 솔까지는 되지 못하더라도 김솔을 깔끔하게 보관하는 효용으로 누군가에게는 반가울 김솔통 같은 글을 쓰겠다는 포부가 재기 발랄하고 사랑스럽게 느껴졌습니다.

그렇게 이 책에는 김솔통스러운 다양한 쓰임의 글들이 가득합니다. 중년 단체 여행객들이 수박 겉핥기식의 여행을 한다며 비웃는 이를 향해, 우리 모두 수박 속까지 다 파먹으며 살 순 없는데, 수박 겉만 즐겁게 핥다가 오면 안 되는 거냐며 편들기도 하고요. '위선보다는 위악이 낫다'라는 흔한 세간의 평가에 대해 정말 그럴까 되물으며, 위악이 가득 찬 끔찍한 팀장 경험담을 들려줍니다. 서로에게 좋은 사람이고자 하는 노력, 그러한 노력이 빚어내는 존중이 비록 위선과 가식일지라도 얼마나 나은지도 이야기하죠. 한편 맞춤법 하나로 타인의 품격을 평가했던 자신을 책망하기도 하고, 6년째 축구인인 그가 겪은 축구의 긍정적인 변화로 집주인과 좀 더 잘 싸우게 된 이야기를 들려주기도 합니다.

처음엔 이게 왜 다정한 이야기야 했는데, 끝까지 읽고 나니 몹시 다정했더라고요. 흔히 누군가를 비웃어도 된다고 여기는 사회적 시선들을 향한 되물음, 남에게 쉽게 상처를 주며 위악을 떠는 사람을 거부하는 일은 늘 상처받고 사는 우리에 대한 위로와 다정함으로 느껴졌고요. 항공사 승무원으로 일하던 시절엔 힘이 부쳐 주저앉는 순간마다 동료들과의 다정한 기억들을 떠올리며 힘을 냈다는 고백, 아프고 지쳤던 순간마다 작가를 품어 주었던 친구들과의 이야기, 그리고 책에 나온 에피소드들은 유난스럽지 않아서, 독자들이 '아, 내게도 그런 순간이 있었지' 하고 쉽게 공감하게 만들죠. 특유의 반짝이는 문체와 한 걸음 더 들어가는 시선의 깊이로 읽는 이를 반하게 하는 힘이 있었습니다.

저는 특히 「거꾸로 인간들」이라는 글에 큰 응원을 얻었
는데요. 꾸준한 운동을 통해 30대, 40대 때보다 더 체력이
좋아질 수 있다는 걸 몸소 보여 주는 50대 언니들 이야기
가 나와요. 나도 네 나이 때는 딱 너 같았다며, 너도 내 나
이가 되면 할 수 있다며, 믿을 수 없지만 나이가 들수록 오
히려 점점 강해지는 언니들. 전후반 전 경기를 쌩쌩하게
뛰어다니고, 허공에서 윗몸일으키기 예순 개를 해버리는
언니들이 있다는 것. 여태까지도 충분히 흐물거리며 살아
온 저는 앞으로도 더욱 허약해질 일만 남았다는 게 최근
의 고민거리였거든요. 타인의 튼튼함이 나에게 큰 위로가
되는, 생각하지 못한 작가의 시선에 나도 강한 여성으로서
당당히 늙어간다는 희망을 조금 가져 보았습니다.

　「축구와 집주인」은 저의 지난 과거를 돌아보며 큰 위안
을 얻었던 글이었어요. 살다 보면 대뜸 고함을 지르거나,
눈을 부라리고 물건을 던지면서 여차하면 물리적 폭력을
일으키려는 사람들이 있죠. 평소에 똑똑하고 야무진 여성
들도 그런 상황에서는 어찌할 바를 모르고 물러서기만 합
니다. 저 역시 예전에 누군가 위협적으로 때릴 듯 다가온

일을 겪은 적이 있는데요. 아주 찰나의 일이었지만 아직도 잊을 수가 없어요. 맞서려 해도 몸이 떨리고, 이 충돌을 피해야 한다는 생각만 머릿속에 맴도는데 두 발은 바닥에 달라붙은 듯 떨어지지 않는 순간은 결국 트라우마로 남았습니다. 축구를 통해 경기장에서 몸싸움을 경험하고 마음의 맷집을 키운 작가가 위협적인 행동을 보이는 집주인에게 한 발짝 다가가 맞선 순간, 마치 제가 맞서 싸워 이긴 마냥 기꺼운 이 마음은 뭔지. 작가는 우리가 '폭력에 제압당하기 전에 폭력에 대한 두려움에 먼저 제압당할 뿐'이라는 것을 깨달았다고 말합니다. 싸움을 부추기는 게 아니라, 두려워하지 말라고 힘을 주는 듯한, 축구 좀 해 본 언니의 말이 저에겐 유독 다정하게 느껴졌습니다.

'힘내', '괜찮아', '잘했어'라는 글이 없어도 유독 위로가 되는 책이 있습니다. 저는 간지러운 말보다는 덤덤하고 털털하게 일상을 감내하는 사람들의 글 속에서 위로를 발견해요. 무심해 보이지만 이 이야기를 나에게 해 주는 이유는 무엇일까 생각하다가 문득 다정함을 눈치채고, 그런 마음이 담긴 사람의 글을 읽을 때 세상은 살아갈 가치가 있다고 느껴요.

제가 시종일관 다정함보다는 적당한 정서적 거리감을 유지한다고 이야기했지요. 어느샌가 그렇게 내 마음을 인정하고 나니, 오히려 타인에게 내 마음을 표현하기가 더 쉬워진 것 같아요. 적당한 거리에서 상대를 향한 긍정적인 따뜻한 시선과 관심을 유지하다 보면, 좋은 관계와 만남이 이어지기도 하고요. 누군가가 나에게 호의를 보이면서 먼저 다가올 때면 전보다 그 마음을 빨리 알아채고 응답하고자 노력합니다. 사회성이 좋아지는 건가 싶었지만, 조금은 따뜻한 사람이 되는 듯한 착각이 드네요.

무심해 보이지만 이 이야기를
나에게 해주는 이유는 무엇일까 생각하다가
문득 다정함을 눈치채고,
그런 마음이 담긴 사람의 글을 읽을 때
세상은 살아갈 가치가 있다고 느끼죠.

3

그럼에도
아름다웠던 것들

『동급생Reunion』
프레드 울만

※ 주의 : 이 책은 절대 마지막 페이지를 먼저 읽지 말아 주세요.

이 책을 펼쳤을 때 "그는 1932년 2월에 내 삶으로 들어와서 다시는 떠나지 않았다"라는 첫 문장이 마음속을 파고들었습니다. 때는 무려 1930년대 나치 치하의 유럽, 독일 슈트르가르트입니다. 랍비의 손자이자 유대인 의사 아버지를 둔 열여섯 살 소년 한스 슈바르츠가 독일의 명문가 자손이자 '신처럼 잘생기고 매력적인 소년' 동급생 콘라딘 폰 호엔펠스를 처음 만났을 때의 서술을 보면 마치 헤르만 헤세의 『데미안』속 한 장면이 떠오르기도 합니다. 신비로움, 경외감, 운명적 상대라는 직감, 다가가고 싶은 욕망 등과 같은 표현들과 첫사랑을 다룬 문학 작품들이 떠오르기도 하고요. 독일 슈트르가르트의 카를 알렉산더 김나지움에서 만난 두 소년은 서로 가까워지며, 두 사람을 둘러싼 세상이 변화하는 듯한 경험을 합니다. 내 우정의 로맨틱한 이상형을 충족시키는 아이를 만나는 경험, 비단 로맨틱의 대상이 아니더라도, 우리 모두 그런 경험을 한 번쯤은 소망하지 않나요.

소설의 배경이 나치 치하의 독일이기에 불안감이 생길 수도 있습니다. 하지만 절대로 책의 마지막 페이지를 읽지 말아 주세요. 만약, 실수로 읽었다면 물론 괜찮습니다. 저도 그랬거든요. 이 작품의 진정한 가치는 우리가 예상한 대로 점점 나빠지는 독일과 나치의 파국에 이르는 과정의 서술에 있지만은 않습니다. 오히려 작가는 그럼에도 불구하고 아름다웠던 것들에 더욱 생생한 묘사를 부여합니다. 전쟁이 닥치기 전 독일 서남부의 작은 도시 슈트르가르트의 그림 같은 풍경, 문화와 예술이 넘실대던 공기, 서로 다른 사람들의 정직했던 모습, 그리고 두 소년의 대화 속에 피어나는 애정.

중간중간 피로 물든 역사가 언제 소년들을 덮쳐 올지 불안감이 감돌지만, 대학살의 잔인함은 이 소설 속에서 직접 드러나지 않습니다. 이 작품이 여느 소설과는 다른 방식으로 그 시대를 기억하는 데 필요한 작은minor 걸작이 된 지점이기도 합니다. 책의 서문에서 말하듯, 이 작품은 인류 역사상 최악의 비극이 향수 어린 단조minor로 쓰임으로써 그 문학적 가치와 더불어 우리에게 잊을 수 없는 강렬함을 부여합니다.

파국 이전의 삶에서 그려진 두 소년의 우정 이야기에 저는 흠뻑 빠져들었던 것 같아요. 현대 문학이었다면 지나치게 이상적이라고 할 만하지만, 그래도 여전히 존재한다고 믿고 싶은 순수하고도 진실한 영혼의 교류가 느껴졌다고 할까요.

유대인 소년 한스는 훗날 고향을 떠나게 되는데요, 책 속에서 그는 고향을 떠나 30년이 지난 뒤에도 자신의 상처는 조금도 치유되지 않았으며, 독일을 생각하는 것만으로도 내 상처에 소금을 문지르는 것과 같다고 말합니다. 이 부분은 문학의 영역을 넘어 작가가 의도한 메시지를 담아낸 것이 아닐까 싶습니다. 한편 그와 반대편에 섰던 친구 콘라딘의 삶은 어땠을까요. 아마, 콘라딘은 자신의 선택을 후회했던 것 같습니다. 한스의 시선에서 지워져 있는 그의 삶에 대해 독자들은 여러 추측을 하게 됩니다. 그

부분이 독자의 몫으로 남겨졌기에 제겐 더 큰 여운이 남 았습니다.

저에게 큰 영향을 미쳤던 문학들은 대부분 인류의 비극 앞에 분명하게 그어지는 선과 악이 아닌, 그 경계 속에서 살아가는 사람들 사이에서 피어났습니다. 휴머니즘의 형태로, 때로는 돌이킬 수 없는 비극의 형태로 나타나기도 했지요. 분명함이 아닌 불분명함이 빛나는 문장들, 슬픔과 분노, 차오르는 감동이 동시에 존재하는 문장들 덕분에 저는 인생을 배웠습니다.

이 책은 나치즘과 홀로코스트, 전쟁과 그로 인해 나타나는 아픔을 다루고 있기에 우리의 삶과는 동떨어졌다고 여길 수 있죠. 그러나 저는 평범한 듯 보이는 우리의 삶 속에서도 각자의 다른 입장과 상황, 인생의 갈림길이 나타난다는 점, 그로 인해 발생하는 희·비극이 존재한다고 생각합니다. 문학에서든 현실에서든 개인은 미약하며, 때로는 그저 거대한 흐름에 몸을 맡기는 것만이 우리가 할 수 있는 전부인 듯하죠. 하지만 자세히 들여다보면 그 속의 개인의 삶 역시 복잡하고 심오했으며, 전혀 무가치하지 않다는 것을 문학은 일깨워 줍니다. 그래서 훌륭한 문학 작품을 읽은 이들은 (모두 그런 것은 아니겠지만) 타인이 선택하는 삶 역시 존중하려고 노력하며, 내가 미처 겪지 못한 삶과 사람에 대해서도 함부로 재단하지 않는 것 같아요. 나아가 매 순간 한 개인으로서 성숙한 삶을 살아가고자 노력하게 됩니다.

책의 마지막 장을 덮고 나면 오히려 첫 장부터 다시 읽고 싶은 마음이 강렬하게 생길 수도 있습니다. 두 소년이 수줍게 한 시간쯤 길을 따라 오르내렸던 장면이 떠오르네요. 한스는 자신의 삶이 이제는 공허하거나 따분하지 않고 희망과 풍요로 가득 찰 거라는 것을 알았다고 표현하죠. 한스와 콘라딘은 함께 시를 낭송하고, 인생의 가치, 신, 때로는 여자아이들에 대해 열띤 토론을 벌이며, 오래된 동전을 모으고, 서로에 대한 애정과 애착을 키워 나가던 시절은 사라지지 않고 왜곡될지언정 더 찬란하게 빛나는 모습으로 남습니다.

작가 프레드 울만은 독일 슈트르가르트의 유대계 가정

에서 태어나 히틀러를 피해 영국에 정착한 화가입니다. 원래는 법학을 전공했으나, 프랑스로 망명하며 생계를 꾸리고자 그림을 그리기 시작했죠. 그 뒤 스페인으로 갔으나 스페인 내전으로 결국 영국에 정착했습니다. 역사의 소용돌이 속에서 그는 여러 차례 터전을 옮겨야 했지만, 자신을 낭만적인 예술가로 살게 해 준 원동력은 어린 시절 고향 슈트르가르트에 있었다고 말했습니다. 책을 읽다 보면 '화가'의 시선에서 보이는 도시의 아름다움, 떠나온 고향에 대한 애정을 담은 표현들이 눈에 들어오실 거예요. 이를테면 두 소년은 때때로 검은 숲에 가기도 했는데, "호박빛깔 수지와 버섯 냄새를 풍기는 짙은 색 나무들 사이로 송어 개울이 흐르고, 그 둑에는 목재소들이 늘어서 있었다"와 같이 색이 풍부한 묘사와 섬세한 표현들은 가 본 적 없는 독일 도시의 풍경이 눈 앞에 펼쳐지게 만들죠.

어린 시절 한스와 콘라딘의 관계가 유독 완벽하게 그려졌던 이유는 서로가 서로에게 이상형에 가까운 사람이었기도 하지만, 그러한 사람과 함께 어울렸던 그림 같은 풍

경, 다가올 고통의 시간을 예견하지 못했던 어린 날의 회
상이 곁들여졌기 때문이었겠죠. 역사의 비극 속에서도, 그
런데도 아름다웠던 것을 기억하며 증언해 준 작가에게 감
사한 마음이 들었습니다.

4

가장 그리워한 순간으로
떠나는 마음

『우리는 우리를 잊지 못하고』
김민철

남편과 결혼하면서 누가 먼저라 할 것 없이 한 약속이 있었습니다. 신혼의 시간을 충분히 가지며 여행을 자주 다닐 것. 언제 어디로든, 짧게라도 좋으니 지겨워질 만큼 다니자고 약속했죠. 돌아보면 알콩달콩했던 둘만의 시간은 주로 여행지에서의 기억으로 남아 있습니다. 자유롭고 속박 없이 여행지를 거닐던 우리의 모습, 지도 앱을 켜서 맛집을 찾아갈 때의 설렘, 우연히 앉은 카페 테라스에서 먹은 맛있는 커피와 빵, 천천히 흐르는 공기마저 좋았던 미술관과 박물관, 서점들. 저녁에는 예약해 둔 레스토랑에 방문해 식사하며 수다 떨던 시간, 이런 여행의 기억들은 특히나 마음속에 액자처럼 남습니다.

　김영하 작가는 영감을 위해 여행을 떠나는 것이 아니라 다만 익숙한 모든 것에서 멀어지기 위해 떠난다고 했습니다. 잡념이 사라지는 곳, 모국어가 들리지 않는 땅에서 평화를 느낀다고 했죠. 그는 『여행의 이유』라는 책에서 우리는 여행을 통해 뜻밖의 사실을 알게 되고, 자신과 세계에 대한 깨달음을 얻게 된다고 했습니다. 그런 마법 같은 순간을 경험하는 것이 여행의 이유라는 거죠. 한편 무라카미 하루키는 『하루키의 여행법』에서 현대인의 여행이라면 과도한 계획이나 지나친 의욕 같은 것은 배제하고, '다소 비일상적인 일상'으로 여행을 파악하는 것에서부터 시작되어야 한다고 했습니다. 일상이니만큼 그는 여행지에서는 쓰기를 잊어버리고 카메라도 별로 사용하지 않는다고 합니다. 그 대신 자기 눈으로 여러 가지를 정확히 보고 머릿속에 정경이나 분위기, 소리 같은 것을 생생하게 새겨 넣는 일에 집중한다고 하죠.

두 분 작가님과 달리 저는 여행에서 특별한 깨달음을 얻은 적은 많지 않지만, 여행이 주는 설렘과 즐거움은 충분히 누리고 있습니다. 또한 저는 하루키 작가님만큼 장기 여행을 떠나기는 어려운 상황이라 여행지에서 평소와 다르게 지내려고 합니다. 공항에 도착하는 순간, 아니 여행 가방을 싸는 순간부터 마음이 들뜨게 되죠. 평소에는 일상을 즐기지 못하니 여행지에서는 더욱 열심히 먹고, 놀며, 이야기하고, 틈만 나면 사진도 찍습니다. 물론 하기 싫으면 하지 않죠. 도저히 하기 싫을 수 없는 즐거운 일들을 열정적으로 해 나가는 것이 저에게는 여행인 듯합니다. 하루키 작가님과 반대로 '극단적인 비일상'을 추구하는 것이겠지요. 그래도 두 분 만큼 저도 여행을 사랑하고 있어요. 저에게 있어 여행이란 머무는 장소의 변화만을 의미하지는 않습니다. 여행은 우리가 사는 장소를 바꾸어 주는 것만이 아니라 우리의 고정된 생각의 프레임도 바꿔 주곤 합니다.

바쁜 일상을 벗어나 여행지에 도착하면 저는 여느 때와 달리, 즉각적으로 행복해지는 일들을 열심히 찾아서 하기 시작합니다. 마치 『먹고 기도하고 사랑하라』라는 책에서 날씬한 몸매를 유지하려고 억눌렀던 식욕을 해방시키고자 이탈리아로 떠난 리즈 길버트처럼, 용감한 발자국을 내딛는 것일 수도 있죠. 평소 눈치를 보며 억눌렀던 욕구나 쾌락을 회복하는 여행에서 도리어 큰 깨달음을 얻을 수도 있습니다. 인생은 때론 '극단적인 비일상'을 추구하며 즐기는 것이고, 나 자신을 알아 가는 과정이며, 그런 나를 사랑함으로써 다른 모든 사람을 사랑할 수 있다는 것을 말이죠.

여행지에선 카페나 공원, 기차나 버스 안에서 책을 읽고, 수시로 온갖 사진을 찍어 SNS에 올리며, 고마운 사람들을 떠올리면서 선물을 고르는 일만 해도 행복합니다. 평소의 삶도 나를 행복하게 하는 일을 하며 여행처럼 살수 있다면 좋겠지만 쉬운 일은 아닙니다. 일상에 돌아오면 한껏 숨차게 해야 하는 일을 해 내고, 가끔 떠나는 여행에서 다른 사람이 된 양 나만을 위한 시간을 갖는 게 좋아요. 그러고 나면 전투력이 완전히 충전되는 느낌이고, 동시에 모든 일을 제대로 해 낼 수 있을 것 같거든요.

이런 저와 비슷한 루틴을 사는 듯한 사람, 숨 가쁘게 일하는 프로페셔널이지만, 여행을 떠나면 그렇게 멋스럽기그지없는 김민철 작가의 여행기를 읽었습니다. 이번 책은 '여행' 책이라기보다, 여행을 다녔던 자신을 그리워하는 책이랄까요. 작가 특유의 간질간질한 감성을 불러내는 다정한 문장들부터, 카피라이터로서 탁월한 직업적 능력이

돋보이는 순간 포착력, 한 번 들으면 잊기 힘든 매력적인 인물들의 묘사는 여전했습니다.

김민철 작가는 광고와 브랜딩에 꿈이 있는 분이라면 분명 들어보셨을 현직 카피라이터로, 본인을 '회사원'이라고 자주 소개합니다. '사람을 향합니다', '진심을 짓습니다'와 같은 아주 유명한 광고 문구를 쓴 사람입니다. 『모든 요일의 기록』, 『모든 요일의 여행』과 같은 '모든 요일 시리즈' 에세이로 이미 '믿고 보는 작가'이기도 하지요. 책에서는 작가가 여행지에서 이방인에게 처음으로 자신을 '작가'라고 소개한 뒤 '으악, 저질러 버렸다!'라며 떨리는 마음을 쏟아 낸 부분이 있는데요. 평소 남들에게 자신을 회사원이라고만 소개했지, 작가라고 소개한 적은 없었다면서요. 여전히 작가라고 소개하기엔 부끄럽지만, 일터에서는 누구보다 책임감과 자존심이 강하며, 자신의 실수를 용납하지 않는 회사원이라고 자평합니다. 오히려 저는 '회사원'이라는 자기소개야말로 분명한 직업의식과 책임감이 담겨 있어 몹시 매력적이라고 느껴졌어요. 어쨌든 김민철 작가에게는 회사원의 책임, 효율, 철두철미함에서 부터 자신을 해방하는 작업이 '여행'이었던 거지요.

흔히 '취향'이 직업이 되는 삶이 있잖아요. 작가, 예술가, 카피라이터도 그렇겠죠. 상상력과 창의력이 빛나는 직업이니 멋지다고 생각하지만, 사실 엄청난 중압감뿐 아니라 엉덩이 힘이 필요할 거예요. 나름 취향이 확고하고 감각이 뛰어나다 자부하는 사람들도, 그것을 매월, 매주, 매일 쏟아 내는 게 직업이라면 절대 쉽지 않겠죠. 좋아하고 잘하는 일이라도 직업이 되면 늘 웃을 수만은 없습니다. 직업 특성상 내가 소진된다는 느낌도 유독 강할 것 같고요.

코로나로 한동안 여행을 갈 수 없었던 시기, 작가는 자신의 기억 속에서 여행을 시작하기로 합니다. 과거의 여행으로 돌아가 누군가에게 편지를 쓰는 일이지요.

이 책은 여행지를 소재로 한 내용이긴 해도, 꼭 가 봐야 할 식당이나 명소를 친절하게 알려주는 설명은 없어요. 사실 들어도 어디에 위치하는지 모르는 도시도 많아요. 저도 굳이 찾아보지 않았답니다. 단지 그날 그곳에서 빛났던 모습만이 중요할 뿐이죠. 작가는 심장을 움켜쥘 만한 연주를 들을 때에도, 눈물이 훅 들어차는 그림 앞에서도, 읽을 수 없는 타인의 얼굴 앞에서도 머릿속으로 글을 쓰는 사람이라고 이야기합니다. 어떤 감동적인 순간에도 그 순간이 머릿속에서 지워지기 전에 얼른 수첩을 펴고 옮겨 적는 사람이라고요. 아마 작가는 낯선 곳에서 예상치 못한 사고 또는 걱정되는 순간을 마주했을 때도, 당혹감과 동시에 차오르는 설렘으로 후다닥 메모했을 게 분명해요.

편지의 대상은 몹시 다양한데요. 남편, 그 남편을 소개해 준 어릴 적 친구, 군대 다녀온 남동생, 직장 선배 박웅현 작가님, 세상을 떠난 어릴 적 친구처럼 작가의 곁을 지켜주는 든든한 존재들, 반면 아일랜드의 술꾼 아저씨, 남프랑스의 화가 할아버지, 이국땅의 파니니 파는 할아버지처럼 우연히 스쳐 간 낯선 인연들도 있습니다. 대책 없이 떠난 여행에서 위기마다 등장해 도움을 주는 무뚝뚝한 표정의 할아버지 이야기들은 믿기 힘들 정도로 뭉클하지요.

또한 여행기에는 유독 놓쳐 버린 버스, 착각한 시간, 갑자기 떨어지는 비처럼 난처한 순간들이 자주 등장합니다.

김민철 작가는 그 우연을 불행으로 해석하기엔 여행의 시간이 아깝다며, 억지로 불행의 핸들을 꺾어 행복으로 향하는 사람입니다. 처음에는 억지로 웃었을지 모르지만, 언젠가 돌아본다면 그때의 웃는 모습이 추억으로 남아 있겠죠. 놓쳐 버린 버스에 울고불고 난리를 친다면, 반대로 그 모습이 영원히 기억 속에 남을 거고요. 작가는 우리가 기꺼이 행복을 찾으려고 노력하는 순간 마법 같은 일이 일어난다고 말합니다. 의도하지 않은 삐걱거림이 오히려 완벽함으로 우리를 이끈다는 거죠. 그것을 기꺼이 '운명'이라 말하며, 누구보다 완벽한 여행을 꿈꾸는 사람이어야 여행 에세이를 쓸 수 있는 게 아닐는지.

작가는 출근하는 지하철 안에서 휴대폰 사진첩을 열고, 사진첩을 재빨리 스크롤 해서 오늘 기분에 가장 필요한 사진 한 장을 알약처럼 복용한다고 합니다. 그 사진을 복용하고 나면 그 사진 속 순간을 함께했던 누군가와의 즐거운 기억을 소환할 수 있는 거겠죠. 저도 오늘 하루는 여행지에서 찍은 사진 한 장을 복용하며 행복한 비일상 속의 나를 소환해 보려고 합니다.

우리가 기꺼이
행복을 찾으려고 노력하는 순간
마법 같은 일이 일어난다고 말합니다.
의도하지 않은 삐걱거림이
오히려 완벽함으로
우리를 이끈다는 거죠.

5

일상 너머의 고통으로
기꺼이 들어가며

『스페인 여자의 딸La hija de la espanola』
카리나 사인스 보르고

방송국 아나운서로 일할 때 'FM 영화음악'이라는 라디오 프로그램을 진행했습니다. PD, 작가님들과 매주 개봉작들을 보러 다니는 것이 업무이기도 한 즐거운 나날이었는데, 제 인생에서 가장 많은 영화를 본 시기였을 겁니다. 그러다 보니 평소 취향과 다른 영화들도 볼 기회가 많았습니다. 특히 리들리 스콧 감독의 「카운슬러」는 제가 즐겨 보는 영화 장르는 아니었죠. 공포 영화는 아니지만 아주 잔인하고 끔찍한 범죄를 저지르는 마약 카르텔 이야기로 재미와 작품성을 떠나서 거의 10년이 다 되어가는 지금도 잊히지 않을 정도로 무서웠던 기억이 납니다. 아마 그때 영화관에서 두 눈을 뜨고 있던 시간이랑 질끈 감고 있던 시간이 거의 비슷했을 듯해요.

그 뒤로 저에게는 '남미'를 배경으로 한 영화나 책을 고를 때 주저하는 습관이 생겼습니다. 그곳에도 분명 아름다운 이야기들이 많겠지만, 잔혹한 장면들이 불쑥 튀어

나올지 모른다는 생각 때문에요. 그래서 이 책을 읽는 데도 저에게는 꽤 용기가 필요했습니다. 책의 원제는 『스페인 여자의 딸』, 영어판이나 독일어판 등에서는 『카라카스의 밤』이라는 제목으로 출간되었습니다. 줄거리를 생각하면 '카라카스의 밤'도 꽤 잘 어울리는데, 아마 카라카스라는 지명이 국내에선 낯설기 때문이 아니었을까 싶습니다. 비교적 낯선 이름 카라카스는 베네수엘라의 수도입니다. 낯설 만도 한 것이 국내에 베네수엘라 소설이 소개된 게 이 소설이 고작 두 번째라고 해요. 우리는 평소 국내뿐 아니라 세계 문학도 쉽게 접한다고 생각하지만 보통 영미권이나 유럽인 경우가 많죠. 몇 년간 책방 주인으로 살아오면서 우리는 '이야기'마저도 소위 선진국이라 불리는 특정 국가들의 것을 선호하는 경향이 짙다고 느끼곤 했습니다. 앞으로 라틴아메리카 문학 하면 이 책을 떠올리는 분들이 많아질 것 같아요.

솔직히 베네수엘라 하면 저는 '미인'이 떠오릅니다. 세계 미인대회에서 자주 언급되는 나라잖아요. 난민, 식량난, 정치적 분열, 살인적인 인플레이션, 높은 범죄율 등의 단어들로 설명되는 국가이기도 합니다. 구체적으로는 전 세계 살인율 1위, 최근 전 국민의 평균 몸무게가 10킬로그램 이상 감소한 국가입니다. 먹을 것이 없어 국민들의 몸무게가 감소한다니 상상하기 힘든 일이죠. 그러나 이 책은 현실 고발만이 목적이 아니며, 문학 그 자체로 지독한 흡입력과 강렬한 이야기의 힘을 갖고 있습니다. 들불처럼 번지는 위협과 이를 직관적으로 묘사해 내는 필력, 주인공의 극적인 여정은 설마 실화인가 싶지만, 작가는 '이 이야기는 증언을 위한 것이 아니라는 점'을 분명히 말합니다.

배경은 1980년대 중반, 유가 폭락으로 경제 공황이 찾아온 베네수엘라. 화폐 가치가 폭락해 지폐는 종이 쪼가리가 되어 버렸습니다. 치즈 한 덩이를 사려면 지폐로 탑세 채를 쌓아 올려야 하고, 그마저도 생활필수품들이 극도로 부족해 기본적인 삶이 마비된 사회의 모습을 소설은 그대로 반영합니다. 이 책은 정치적 목소리보다는 그 속에서 살아가는 인간의 삶을 이야기하기에 베네수엘라의 사회·정치적 배경을 전혀 모르더라도 읽는 데 아무런

지장이 없습니다. 작가는 권력자들의 이야기는 너무 많이 알려졌기에, 그들에게 이름을 부여할 필요가 없었다고 말합니다. 군이 실화를 바탕으로 쓸 필요조차 없었다는 거죠. 그렇게 현실의 이름과 구체적 요소를 제거했기에 주인공 팔콘의 이야기는 비로소 전 세계 독자들에게 와 닿습니다. 그리고 소설은 우리에게 본질적 질문들을 던집니다. 이를테면 이러한 것이죠. '선택할 수 없는 삶이 닥쳤을 때, 나라면 어떻게 할까?'

솜과 거즈, 기본적인 약품조차 없어 화장지로 상처를 동여매야 하는 사람들, 극도의 식량 부족으로 내 앞뒤에 줄 선 사람 모두가 적이 되어 버리고, 남은 음식을 차지하고자 물고 뜯으며 죽을 자리를 두고 싸우는 모습이 일상이 되어 버린 상황.

세상이 평화로울 때 개인은 하루하루를 살아가며 삶의 의미를 찾을 수 있지만, 반대의 경우 개인은 극도로 무력해질 수밖에 없습니다. 나 하나의 힘만으로는 아무것도 할 수 없으며, 급기야 나 자신마저 지킬 수 없는 공황 상태에 빠지지요. 물론 저는 그런 일을 겪어 보지 못했기에 감히 상상할 뿐이지만 읽는 것만으로 몹시 두려웠습니다. 우리에게도 전쟁, 피비린내 나는 역사적 사건, 막지 못했던 가슴 아픈 사고들이 있었잖아요. 적당한 어려움 앞에서 인간은 저항하거나 순응하게 마련이겠지만, 순응할 수조차 없는 극도의 고통과 극한의 상황에 놓인다면 나는 어떻게 해야 할까 생각했습니다.

지금 막 유일한 가족이었던 어머니의 장례식을 치른 주인공 '아델라이다 팔콘'. 그녀는 어머니를 잃은 슬픔이 가시기도 전에 '혁명의 아이들'에게 집을 빼앗깁니다. 이들은 공포 정치를 자행하는 정부에 헌신하는 대가로 시민의 모든 것을 빼앗고 있습니다. 이들의 비인간적 행위를 고발할 수 있는 국가는 이미 망가졌고, 매일같이 길거리에서 구타와 납치, 감금, 추행, 폭행이 이루어지고 있습니다. 밖은 정글과도 같고, 집 안에서조차 누군가 성큼성큼 들어와 내가 가진 것을 다 빼앗고 나를 폭행하는 일이 빈번하죠. 도둑을 도둑질하는 도둑들, 강도를 강도질하는 강도들 속에서 짓밟히고 으스러진 팔콘에게 이 끔찍한 고통에서 벗어날 수 있는, 단 한 번의 기회가 찾아옵니다.

팔콘은 우연히 '스페인 여자의 딸'이라고 불리던 옆집 여자의 집에 들어가게 되고, 그녀가 죽어 있는 것을 목격합니다. 그리고 책상에 놓인 스페인 국적의 여권을 발견하는데, 그 여권은 '부정하게 손에 넣은 엘시드의 검'일지라도 그녀에게 단 하나 남은 무기였습니다. 그녀는 주저할 때가 아니라고 자신에게 말하며, 자신의 의무는 이제 살아남는 것이라고 다짐합니다.

저는 슬픔이나 분노를 유발하는 이야기를 좋아하지 않아요. 웬만하면 해피엔딩이 보장된 작품을 고르는 편. 이 책을 읽다가 두세 부분은 좀 힘들 수 있을 거예요. 저는 엄마의 흔적들이 짓밟혔을 때, 그리고 주인공의 소중한 사람들이 고통을 겪는 장면에서 특히 괴로웠습니다. 소설 기법으로 본다면 주인공에게 '지옥'을 부여하는 장치로 쓰인 것 같은 부분들이지요. 태어나기도 전 자신을 버린 아빠와 달리, 예민하고 똑똑했던 팔콘의 엄마는 나라의 장래가 어둡다는 점을 깨닫고 딸을 위해 여러 준비를 해 두었습니다. 엄마의 블라우스, 엄마의 책과 접시들. 엄마와 쌓아 올린 기억의 물품들. 이렇게 슬픔을 극대화하는 회상 장면들이 왜 이리 자주 나오는지 원망스러웠지만, 주인공의 선택을 위해 필수적인 부분들이니, 잘 견뎌 보시기를 바라요.

　저는 심지어 가장 행복하게 보내야 할 시간 동안 이 책을 읽었답니다. 몇 달간 열심히 일하고, 저에게 짧은 휴가가 주어졌거든요. 좋은 풍경을 보며 맑고 밝은 생각만 하려고 떠나 왔는데, 참고 견뎌야 하는 이 책을 감당하기가 쉽지 않았습니다. 얼른 덮어 버리고 바로 다른 책을 꺼내 읽으려 했지만, 왠지 모르게 이 책에 좀 더 머물고 싶었습니다. 어떻게 되었는지 결말을 보아야만 속이 후련할 것도 같았죠. 결국 밤새 이 책을 읽으며 유쾌한 시간은 아니었지만, 아마도 오래도록 뇌리에 박혀 지워지지 않을 것 같았습니다. 지금 돌아보면 내 일상에서 가장 소중한 시간을 오히려 가장 사치스럽게 썼다는 생각이 들어요. 나와 한참 먼 세상의 이야기, 닿지 않는 아픔을 이해하고 공감하는 과정에서 일상과는 가장 먼 곳에 다녀올 수 있었으니까요.

문학을 통해 우리는 결코 상상할 수 없었던 것을 머릿속에 그려 내고, 나와는 관계없는 희로애락을 헤아리며 한층 깊어지곤 합니다. 이 소설을 읽고도 우리가 현실에서 바꿀 수 있는 것은 많지 않을지도 몰라요. 하지만 우리 삶에 놓인 선택지를 진실로 이해하고 깊이 감사하며 실행하는 사람이 되려면, 때로는 우리의 일상 너머에 있는 것들을 보아야 합니다.

우리 삶에 놓인 선택지를
진실로 이해하고 깊이 감사하며
실행할 수 있는 사람이 되려면,
때로는 우리의 일상 너머에 있는 것들을
보아야 합니다.

6

사소하지 않은
작은 기쁨

『스몰 플레저Small Pleasures』
클레어 챔버스

이 책을 읽을 때만 해도 저는 '스몰 플레저(작은 기쁨, 즐거움)'를 원하지 않았습니다. '빅, 빅, 빅! 플레저'를 원했지요. 생각해 보니 그것은 '즐거움'도 아니었고, 저는 그저 평소처럼 맹렬하게 쏟아지는 일들을 해치우며 성취감과 희열을 느낄 뿐이었습니다. 그러다 예상치 못하게 조금 속상한 일이 생기고 말았습니다. 해결하지 못한 채 주말이 되었고, 저는 축 늘어져 있었습니다. 매사에 뭐든 잘 이겨 내는 편이지만, 주말이나 휴일을 앞두고 안 좋은 일이 생기면 조금 서운해져요. 평일에 열심히 일하고도 주말에 마음이 복잡해 온전히 즐겁지 못할 걸 생각하면 너무나 아쉬운 거예요. 원인이 된 고민거리보다, '제대로 못 쉰다는 사실' 자체가 더 속상할 때도 있답니다.

아무튼 그렇게 시작된 주말, 아이를 돌보다 문득 제 옆에 머리를 식힐 때 보려고 빼 두었던 신간 더미가 있었어요. 아무 글이나 좀 읽으면 기분 전환이 되지 않을까 싶어

그중 하나를 집어 들었습니다. 이 책 『스몰 플레저』의 표지나 제목으로 봐서는 소소한 살림 팁이나, 정갈한 생활 방식을 알려 주는 소설일 거로 생각했죠. 아이 밥 먹이면서 조금 읽다가 낮잠 재운 후 조금 읽고, 틈날 때마다 조금씩 읽다 보니 어느덧 한 권의 책에 '스며드는' 경험을 실로 오랜만에 하게 되었어요. 특별한 목적 없이 우연히 이 두꺼운 책 한 권을 깊이 탐독하는 시간을 가진 거죠.

배경은 1950년대의 영국 런던, 주인공은 중년(?)의 여성 '진 스위니'입니다. 책을 읽으며 살짝 당황했던 점이 있었는데, 저처럼 오해하지 않길 바라며 미리 말씀드립니다. 책의 후반부쯤에 이르면 그녀가 서른아홉 살이라는 대사가 나오며 비로소 나이를 알게 되는데요. 그런데 책 초반부터 주인공의 모습이 너무나 구부정하여 활력이 없고, 인생 몇 회차쯤 산 것처럼 지루함이 느껴졌죠. 게다가 그녀는 자신이 예쁘지 않고 매력이라곤 전혀 없는 '중년' 여성이라고 누누이 소개하고 있어 머릿속으로 '노파'를 상상했거든요. 저는 소설을 읽을 때 제 마음대로 주인공의 외모를 상상하곤 합니다. 문학을 즐기는 저만의 방법이에요. '진'의 대사나 행동 탓에 꽤 나이가 든 여성인 줄 알았는데, 알고 보니 그리 많은 나이가 아니었습니다. 소설은 1950년대를 배경으로 하고 있기에 그 시절에는 그 나이의 미혼 여성이 그런 모습으로 비칠 때였나 봐요.

저는 이 책에서 몇 년이 지나도 기억에 오래 남을 고전 문학과 같은 매력을 느꼈습니다. 그런데 이토록 마음에 들었으면서도 이 책을 소개하기에 조금 우려되었던 부분이 있습니다. 이 책에 '반전'이 너무나 많다는 이유 때문이었어요. 반전이 많다는 이야기마저 스포로 느껴질 정도입니다. 처음 이 책의 소개 글을 읽었을 때 대뜸 '처녀 생식'의 미스터리를 푸는 책이라는 거예요. 사실 그 미스터리에는 큰 관심이 안 가더라고요. 그러나 이 소설은 분명, 그 미스터리를 넘어선 흥미진진한 재미를 창조해 냅니다. 꼭 알아 두시란 말씀입니다. 이 책은 정말 재미있다는 것을.

아주 간략한 줄거리는 이렇습니다. 1957년 런던의 변두리 지역 신문사 기자인 스위니 진. 어느 날 '남자와 관계없이' 딸을 낳았다고 주장하는 편지를 받고, 그 여성 '그레 첸'의 처녀 생식 주장을 취재하기 시작합니다. 아까 말했 듯 인생이 꽤 지루하고 힘겨워 보이는 진과 달리, 그레첸 은 당시의 여성이 누구나 꿈꿀 만한 행복하고 단란한 가 정에서 살아가고 있습니다. 엄마를 쏙 닮은 사랑스러운 딸 과, 그녀의 모든 상황을 알고도 이해해 주며 변함없는 사 랑을 주는 남편 하워드와 함께요. 그렇게 두 여성의 인생 이 대비되며 운명적인 이야기가 펼쳐지기 시작합니다.

이 소설은 지금으로부터 65년 전이 배경이라 그런지 묘 하게 고전 문학을 읽는 것 같습니다. 실제로 한 작가는 "이 소설은 클레어 챔버스를 제인 오스틴의 후계자 자리에 올 려놓았다"라고 평가했고, 이 극찬 때문에 제가 이 책에 더 매료되었는지도 몰라요. 대학교 1학년 때 친구들과 함께 본 첫 영화가 「오만과 편견」이었는데요. 당시 이 영화에 큰 감명을 받은 나머지 두 주인공의 떨리는 눈빛, 속마음 을 감추려는 대사, 작은 손짓과 행동 하나하나가 마음속에 각인되어 버렸습니다. 원작은 더욱더 감동이었죠. 그 뒤로 고전 문학에 매료되었기에 이 책의 작가를 제인 오스틴의 후계자라고 평가하는 글에 솔깃했지만, 책을 다 읽고 나니 정말 적확한 비유였다고 인정하고 말았습니다.

책 속 문장들은 마치 읽는 내내 큰 사건이 없을 것처럼 여유를 부립니다. 일상의 사소한 이야기들을 놓치지 않으며 작은 즐거움들을 나누어 주죠. 진의 살림살이라든지 그레첸의 멋진 옷매무새를 설명하거나 아이의 천진난만한 표정과 행동을 자세히 들여다보기도 합니다. 그러나 방심하는 순간 정확히 마음을 훅 찌르는 문장들이 들어와요. 평생 사랑은 내 일이 아니라 여겼던 주인공에게 진정한 사랑이 찾아왔음을 깨닫는 순간의 감동, 조심조심 읽고 있던 독자들을 위해 준비한 반전의 연속까지. 이 책이 꽤 두꺼운 편이기는 하지만, 중반부까지는 참고 읽어야 합니다. 그 뒤에는 알아서 책장이 넘어갈 거예요.

이 책의 주인공인 두 여성 가운데, '진', '그레첸' 어느 쪽으로 마음이 더 기울어질지도 궁금해요. 초반, 중반, 다 읽고 난 뒤의 마음이 다를 수 있겠지만, 저의 경우 주로 '진'이었습니다. 그 당시 드물게도 신문사의 몇 안 되는 여성 기자로 일하고 있으면서도 큰 동기 부여를 얻지 못하는 모습, 동료와의 간단한 회식 자리나 소박한 쇼핑을 즐기기에도 부담되는 빠듯한 살림, 그 원인 중 하나인 예민하고 의존적인 어머니, 그런 어머니와 진의 상황은 나 몰라라 한 채 풍요로운 삶을 만끽하는 여동생 등. 그녀가 왜 그리도 사람과의 우정, 사랑에 대해 체념적인 태도를 보였는지 알게 되는 대목들이 나옵니다.

우리 모두에겐 크든, 작든 벗어날 수 없는 삶의 무게가 있습니다. 진의 모습은 그런 평범한 사람의 모습을 잘 담아낸 캐릭터로 느껴졌어요. '그레첸'이라는 상반되는 캐릭터는 그런 진에게 더욱 좌절감을 안겨 주죠. 어쩌면 우리 대부분 그렇게 살아가고 있지 않을까요. 내가 짊어진 현실의 무게를 느끼며, 한결 가벼워 보이는 타인의 어깨를 곁눈질하면서요.

또한 이 책에 흘러넘치는, 섬세하게 직조된 단어와 문장들은 저에게 성인으로서 느껴야 할 온당한 기쁨과 슬픔, 낭만과 고뇌, 희망과 절망, 미움과 사랑에 대해 일깨워 줬습니다. 이미 정해진 의무와 순리대로 살면서 삶이 더 나아질 거라는 희망 없이 지내 왔던 진은 그녀답지 않게 그레첸과 그녀의 미스터리에 빠져드는 자신을 발견합니다. 늘 사람들과 일정 거리를 유지해 온 그녀가 점차 그레첸과 가족들에게 애정을 쏟죠. 책 속 표현에 따르면 어느 날 '통제권을 완전히 넘기고 다른 사람의 안내를 따르는 것은, 이상하면서도 해방감을 주는 경험'이라고 느끼게 되지요. 마치 인생의 감정과 희로애락을 새로 배워가는 사람처럼, 설레는 마음으로 새로운 인생을 찾아가며 방황도 하는 진의 이야기는 읽는 이를 몰입하게 만드는 힘이 있습니다.

반전을 거듭하는 내용 전개를 따라가며 한 장 한 장 넘기기가 아까웠지만, 마지막 장을 덮고 나서는 모든 비밀이 밝혀지고, 각자 작은 행복을 찾아 살아가는 주인공들을 보며 마음을 놓았어요. 책의 주인공들처럼 우리는 주어진 상황 속에 울고 웃으며, 고민하는 나날을 보내기도 합니다. 하지만 아무리 애를 쓰고 미리 걱정해도 우리는 다가올 미래를 결코 알 수 없기에, 현재의 고민과 체념에 매몰되려고만 할 때도 순간순간 찾아오는 작은 기쁨의 실마리에 좀 더 마음을 열어볼 필요가 있습니다. 우연히 내 마음의 소리를 따라간 길에서, 상상해 본 적 없는 '빅 플레저'를 만날지도 모르니까요.

주말을 보내고 난 뒤, 살짝 속상했던 일은 저절로 엉킨 실타래가 풀리듯 해결이 되었습니다. 이제 이 나이쯤 되면, 그렇게 곧 해결된다는 것도 이미 알고 있지만, 그래도 마음이 풀리는 데는 늘 시간이 걸려요. 어쩌면 제 속상함이 해결된 데는 이 책의 영향도 컸던 것 같습니다. 마음에 혹여 작은 구름이라도 끼어 있다면, 얼른 첫 장을 펼쳐 보시길 바랍니다.

우리는 다가올 미래를 결코 알 수 없기에,
현재의 고민과 체념에 매몰되려고만 할 때에도
순간순간 찾아오는 작은 기쁨의 실마리에
좀 더 마음을 열어볼 필요가 있습니다.
우연히 내 마음의 소리를 따라간 길에서,
상상해 본 적 없는
'빅 플레저'를 만날지도 모르니까요.

7

영원한 이방인으로서의 감각

『마이너 필링스 Minor Feelings』
캐시 박 홍

저는 대학 시절 부모님께는 어학연수를 핑계로 미국 뉴욕에 머무른 적이 있습니다. 애초부터 한국인이 드문 미국의 외딴 동네가 아닌 뉴욕을 골랐다는 데서, 공부보다는 잿밥에 관심이 많았던 속내를 짐작하시겠지요. 영어보다는 영어 학원의 한국인 친구들과 어울리며 제 인생에서 가장 한가롭고 유유자적한 시간을 보낼 수 있었습니다.

막상 떠나보니 이국땅에서 완벽한 이방인의 모습일 뿐 결코 땅에 발이 닿지 않는 듯한 제 모습이 만족스럽지 않았던 것 같아요. 단순히 외국어에 서툴러서, 또는 가까운 사람이 곁에 없어서는 아니었습니다. 나는 더 큰 세상에서 도전과 모험을 펼치는 것을 꿈꾸었는데 막상 그곳에서는 다른 인종, 특히 아시아인으로서 영원한 이방인이며 경계선의 존재라는 걸 체감했습니다. 아직 익숙하지 않아서 그런 걸까 생각했지만, 시간이 지날수록 생활이 익숙해지고 편안해지는 마음과는 별개로 '내 자리가 아닌 것 같다'라는 느낌은 커졌습니다.

지금 생각해 보면 고작 6개월을 머물렀고, 어디까지나 잠시 체류하는 신분이었던 제가 보고 느꼈던 건 그 도시의 정말 작은 파편이었겠지요. 직장에 다니거나, 그곳에서 어떤 기회를 잡으려 노력하거나, 현지인과 경쟁할 필요 없이 그저 학생의 신분으로 머무는 것이었으니까요. 쌈짓돈 들고 와서 소비만을 하는 외국인에게 세상은 대체로 관대합니다. 그런데도 저는 왜 이곳에서의 삶을 더는 낭만적으로도 느낄 수 없었던 걸까요. 인생을 영화로 친다면 내가 주인공은커녕 이곳에서 단역이라도 될 수 있을까, 하는 의문이 점점 커졌던 것 같습니다. 만약 제가 그곳에서 생계를 꾸려 가며, 영원히 정착해야 하는 상황이었다면 어땠을까요. 아마 차원이 다른 경험과 고민을 하고, 좌절도 겪었겠지요. 물론 한국에 살면서도 누구든 소수의 입장에 설 때가 있습니다. 부당한 대우를 받거나 편견을 마주하고 나를 증명해야 할 때도 있죠. 하지만 그러한 도전이 가끔이 아니라, 매일 매 순간 찾아온다면 어떨까요. 나의 정체성과 자존감의 뿌리까지 흔들 정도의 강도와 빈도로요. 제가 그곳에서 그저 '외로움'이라고 생각했던 감정은 비단 외로움이 아니라 공포이자 분노, 우울, 자기혐오, 강박, 수치심, 의심, 검열, 무기력, 피해망상, 평생 씻어 낼 수 없는 상처, 인생을 좌우할 거대한 벽이라고 불러야 하는 것이었습니다. 『마이너 필링스』라는 책을 읽고 나서 알게 되었죠, 이 책의 제목을 직역하면 '사소한 감정들' 또는 '소수자의 감정들', 하지만 절대 사소하지 않은 감정을 다룬 책을 읽었습니다.

이 책은 전 세계가 코로나에 신음하던 지난 2020년, '아시아인에 대한 인종차별 급증 문제를 제기하고 해결하는 데 도움이 될 만한 언어를 찾는 데 시의적절한 책'이라는 평가를 받으며 「뉴욕타임스」 베스트셀러, 전미도서비평가협회상 수상, 퓰리처상 파이널리스트, 아마존 예술 분야 1위를 휩쓸었습니다. 화려한 수상 내역보다 제 눈에 띈 건 "이 책을 읽는 것이 인간이 되는 방법이다"라고 말한 미국의 시인 클라우디아 랭킨의 찬사였습니다.

처음 인종차별을 다룬 책인 걸 알았을 때 굳이 읽어야

하나 생각도 했죠. 아시아인이라면 이 감정을 모르지는 않지만, 한국 땅에 살다 보니 매일 체감하는 일은 아니니까요. 또한 안다고 해서 내가 뭘 바꿀 수 있을까 싶은 마음도 있고요. 하지만 이 책을 읽고 나선, 사회 비평을 넘어 우리의 사고를 확장하고, 날카로운 글의 세계를 맛보게 하는 멋진 책이라며 동네방네 추천하고 다녔습니다.

한국계 이민자 2세대인 작가 캐시 박 홍은 미국에서 나고 자라, 미술과 문학을 교육받고 시인으로 활동하고 있습니다. 생존과 정착이 중요했던 이민 1세대와 달리, 미국에서 태어나 자유자재로 영어를 쓰는 미국인임에도 '백인이 아님에서 오는' 이민 2세대의 고통은 최근 영화 「미나리」를 통해 다뤄지며 주목받기도 했지요. 캐시 역시 어린 시절부터 문학가로 성장한 현재까지 매 순간 사소하지만 끝없는 감정들을 품어 왔습니다. 캐시는 "이 감정들은 사소하지 않다"라고 말합니다. 그렇다면 이런 소수적 감정은 무엇일까요? 자신이 인식하는 현실이 끊임없이 의심받거나 무시당하는 것에 자극받아 생긴 부정적이고 불쾌한 감정을 의미합니다. 이를테면 어떤 모욕을 듣고 그게 인종차별임을 뻔히 알겠는데도 "그건 전부 너의 망상일 뿐이야!"라는 소리를 들을 때 소수적 감정은 생겨난다고 캐시는 말합니다.

책에는 너무나 생생하여 강렬하기까지 한 작가의 직간접적 사례들이 많이 나오는데요. 그중 하나로 어릴 적 작가는 친할머니와 함께 미국에 살았는데, 동네 꼬마들에게 할머니가 걷어차이는 일을 당하게 됩니다. 화가 난 아버지가 아이들을 찾아가 따지던 순간 작가는 조금 다른, 비참하고 두려운 감정을 느꼈던 것을 또렷이 기억합니다. 만약 한국이었다면 아이들을 바로 혼내 주거나 부모님 어딨느냐고 물으며 분노를 표현하는 게 당연했겠죠. 작가는 미국 아이들에게 화를 내는 아버지의 모습을 보며, 아이들을 향한 분노보다는 아버지를 염려하는 마음에 휩싸였습니다.

아버지는 가족을 지키고자 정당한 행동을 한 것이지만, 작가는 동네 이웃들이 아시아인의 나대는 행동, 과민 반응으로 생각하여 보복할 수도 있다고 직감적으로 판단합니다. 도리어 아버지가 위험에 빠질까 봐 극도의 불안감을 느끼게 되죠.

작가는 문학가로 성장한 뒤에도 여러 번 좌절을 겪습니다. 아시아인으로서 살아온 경험을 발표하면 "역시나 비주류"라고 폄하 당하고, 환경과 세계화, 자본주의와 같은 이야기를 꺼내면 "비백인답게 글을 써라"라는 조언을 받는 것은 일상이었죠.

작가에 따르면 아시아계 미국인에 대한 구별 짓기는 흔히 흑인에게 가해지는 차별과 또 다른 양상을 띠는데, 아시아인은 '모범 소수자들'로 불리며 최선을 다해 살아가는 근면함으로 시민의 자리를 인정받은 이들입니다. 어쩌면 흑인에 비해 나은 대우를 받는 것처럼 보이지만, 그렇기에 아시아인들은 미국 사회에 감사하는 마음을 가져야 하고, 언제든 공평한 대우를 바라거나 불만을 제기하면 "도를 넘었다"라는 비난을 받는 상황에 놓여 있습니다. 그렇기에 시민으로서도, 예술가로서도 결코, 한순간도 자유로울 수 없습니다.

흔히 우리는 인종차별이라고 하면 여행지에서 겪은 기

분 나쁜 눈빛이나 말 한마디를 떠올리지요. 그럴 때는 다시 내 땅으로 돌아가면 그만이기에 무시해 버릴 수도, 또는 맞서 싸울 수도 있습니다. 게다가 요즘은 경제·문화적으로 크게 성공한 아시아인들도 있다 보니 영화이자 소설 「크레이지 리치 아시안」에서 '날 무시하다니 너희 호텔을 내가 사버리겠다' 같은 속이 뻥 뚫리는 사이다 장면들도 볼 수 있습니다. 하지만 그 장면이 진짜 사이다일까요. 호텔을 살 수 있을 정도가 아니면 아시아인은 무시당해도 되는 것일까요.

우리가 여행지에서나 작품 속에서 느끼는 인종차별보다 훨씬 본질적이며, 삶에 깊숙이 녹아 있는 소수자의 문제들은 여전히 해결되지 않고 있습니다. 아시아인들은 지금도 안전한 삶과 차별받지 않는 삶, 비로소 눈에 띄지 않는 존재로서 보편적이며 평범한 삶을 살아갈 권리를 찾고 있습니다. 책의 페이지를 넘길 때마다 지독하게 감탄하며 읽었지만, 내면화된 차별과 구별 짓기가 한 개인의 마음속에 어떤 감정들로 박히는지 보여 주는 이 책의 절절한 메시지를 제가 충분히 전달하지 못할 것 같은 아쉬움이 남았습니다.

앞서 제가 대학 시절 뉴욕에서는 결코 사회의 등장인물
조차 될 수 없을 것 같아서 이른 귀국을 택했다고 이야기
했던가요. 저는 그저 어떤 인물이 되든지 간에, 나의 삶과
주변의 기대감을 향한 방향키를 내가 쥐고 싶었던 듯합니
다. 하지만 먼 훗날 제 딸도 같은 판단을 하길 바라지는 않
아요. 그땐 세상이 달라졌다는 말을 듣고 싶습니다.

소수적 감정은 자신이 인식하는 현실이
끊임없이 의심받거나 무시당하는 것에 자극받아 생긴
부정적이고 불쾌한 감정을 의미합니다.
어떤 모욕을 듣고 그게 인종차별임을 뻔히 알겠는데도
"그건 전부 너의 망상일 뿐이야!"라는
소리를 들을 때 소수적 감정은 생겨 납니다.

PART 3

어쩌면 내가
깨우고 싶었던 생각들

1

낯선 곳에서의
나와 마주할 때

『장미의 이름은 장미』
은희경

모든 게 뜻대로 되지 않는 날은 인생에도 '뒤로 가기' 버튼이 있었으면 싶어요. 물론 엄마 배 속부터 다시 시작하고 싶은 건 아니고, 내가 원하는 어느 시점으로 돌아갈 수 있다면 좋겠죠. 아쉽게도 우리는 시간을 거스를 수 없지만, 대신 훌쩍 떠나 버릴 수는 있습니다. 한국을 떠나 차라리 나를 모르는 사람들 틈에서 새롭게 시작해 보고 싶었던 적 있으신가요. 가족, 친구, 직장 등 여러 가지를 포기해야 하지만, 기꺼이 감내하고 싶을 만큼 힘든 시기가 살다 보면 오잖아요. 요즘은 사업도 하고 아이도 키우는 내가 어딜 가겠나 싶지만, 20대 때는 종종 포털 사이트에 실없이 '유학 가는 법', 'N년 살기'를 검색해 보곤 했습니다. 젊은 사람들은 왜 이리 포기를 잘하냐며 못마땅해하는 분들도 있지만, 어느새 하나둘 어깨에 매달리는 삶의 기대이자 무게, 축복들이 아니었다면 우리 모두 진작 내려놓았을걸요.

독립 다큐멘터리 영화를 만드는 이길보라 감독은 『해보지 않으면 알 수 없어서』라는 책에서, 여느 유학 성공담이나 외국 생활 체험기와는 결이 다른 자신의 삶과 예술을 힘껏 개척해 나가는 독립적인 삶을 이야기했습니다. 그는 암스테르담에 와서야 다른 이들의 시선으로부터 자유로워졌으며 자신의 내부에 쌓인 편견을 깨뜨려 나갔다고 말했습니다. 낯선 세계를 몸으로 겪어 내며 자신의 삶에서 소중한 것을 찾은 경험, 누구나 한 번쯤은 꿈꾸는 것이겠죠. 이처럼 낯선 곳을 찾아 떠난 사람들의 이야기를 담은 책을 읽었습니다. 문학을 사랑하는 이에게는 언제나 반가운 이름, 은희경 작가의 여행자 소설 4부작입니다. 소설 속 인물들은 낯선 땅 뉴욕으로 떠나 완벽한 타인들 속에서 겪어 본 적 없는 새로운 '나'를 만나려 합니다. 낯선 곳은 우리에게 과연 천국이 될 수 있을까요.

앞선 질문에 이미 '아니요'라고 답을 하신 분 계시죠. 그래요, 도망친 곳에 천국은 없다고들 말하지요. 저도 결국 떠나지 못했던 것을 후회하지 않습니다. 하지만 떠난 삶에 매우 만족하는 사람들도 많이 보았습니다. 그래서 이 소설을 통해 작가가 내린 답은 무엇일까 궁금해졌죠. 소설 속 주인공들은 각자의 문제를 안고 현실을 회피하고 싶은 마음에 충동적으로 뉴욕에 찾아옵니다.

표제작 「장미의 이름은 장미」의 주인공은 이혼 후 홀로 뉴욕으로 떠난 마흔 중반의 여성입니다. '나'는 어학원에서 의학을 전공하는 세네갈 대학생 마마두를 만나게 되는데 두 사람은 국적, 성별, 나이가 다를 뿐 아니라 말조차 거의 통하지 않아요. 하지만 '나'는 그와의 대화에서 묘한 해방감을 느낍니다. 그에게는 '나'의 나이와 현재 처지를 말할 필요도, 복잡하고 정리되지 않는 감정을 드러낼 필요도 없습니다. 서툰 영어로 다 표현할 수 없는 언어의 장벽은 오히려 '나'의 기분에 도움이 됩니다.

한국에서 이혼을 겪은 '나'는 한때는 누군가를 순수하게 좋아했으며, 그를 깊게 알아 가는 데서 오는 기쁨을 느꼈고, 행복한 결혼 생활을 꿈꿨습니다. 하지만 사람이 서로의 다름을 자세히 알아 가면서 어떤 상처와 좌절들이 생겨나는지 배웠고, 더는 그런 과정을 겪고 싶어 하지 않습니다. '나'는 자기소개 시간에 실용 영어 회화책에서 본 문장을 베껴 대충 요리가 취미라고 둘러댔지만, 사실 요리 따윈 귀찮아하고 재주도 없습니다. 그런데 마마두는 그런 '나'에게 호감을 표하며 쿠킹 클래스 초대장을 건넵니다.

'나'는 처음부터 거짓말을 할 생각은 없었습니다. 아무도 나를 모르는 이국땅에서는 내 진짜 마음을 드러내는 대신, 짧은 외국어 실력으로 표현 가능한 말을 하는 게 쉬웠을 뿐이죠. 상대의 질문을 잘 알아듣지 못할 때는 '예스'를 말하는 편이 편합니다. '노'라고 말하면 대화가 복잡해지기 마련이니까요. 그렇기에 영어가 잘 통하지 않는 마마두와의 대화는 진짜 '나'와의 대화는 아닙니다. 그것은 '익명과 일회성의 태도, 깊이 없는 친절, 단답형 문장'들이죠. 마마두가 보고 있는 나는, 진짜 내가 아닌 여름철 동안만 유효한 임시 신분일 뿐입니다. 두 사람의 모습이 슬쩍 장밋빛으로 보이는 시점, '나'는 마마두와 처음으로 바깥에서 함께 식사하게 되는데요. 영어에 서툴고, 인종차별을 당할까 봐 불안해하며 어리숙한 행동을 보이는 마마두의 모습이 불현듯 '나'의 환상을 깨 버립니다.

여행자로서 명소와 맛집을 방문하는 것과 그곳에서 살아가는 것은 정말 큰 차이가 있죠. 뉴욕 엠파이어스테이트 빌딩 전망대에 오르고, 화려한 5번가와 분위기 있는 소호의 거리에서 사진 한 장 남기는 건 즐겁지만, 그 뒤에 빠르게 발길을 옮기지 않는다면 우리는 생각보다 무력해진 자신을 발견합니다. 한국에서처럼 새로운 사람과 만나고 관계를 형성하며, 또 다른 나를 만드는 과정이란 절대 만만하지 않죠. 소설 속 주인공들은 한국에서의 갑갑한 현실을 떠나 뉴욕이라는 도시를 내 삶의 일부로 받아들이고자 왔지만, 오히려 여행객보다 못한 애매한 처지에 갈등합니다.

하지만 역설적으로, 나를 잊기 위해 떠나온 곳에서 우리는 뜻밖에 나 자신이 선명해지는 경험을 얻기도 해요. 작가는 뉴욕 4부작을 통해, 인생에서 가장 예외적인 시간이 우리에게 무엇을 남기는지 이야기합니다. 인물들은 자신을 둘러싼 기존의 상황에서 벗어나 처음에는 장밋빛 자유로움을 느끼지만, 동시에 더욱 또렷해지는 '나'와, 떠나온 곳에서도 여전한 인간의 근원적 문제인 '타인'과의 관계에 직면하게 됩니다. 여기에 국적과 인종 등의 편견에서 벗어날 수 없는 이국의 서늘한 현실이 곁들여지죠.

다행히 소설이 시종일관 어둡지 않아 좋았습니다. 책을 끝까지 읽어 보니, 장밋빛 외국은 없다는 단순한 결론이 아니라서요. 「장미의 이름은 장미」의 마지막 장면은 예상을 벗어난 반전이 유독 매력적이었습니다. '나와 마마두의 썸 타다 깨진 이야기'로 끝나지 않아 얼마나 다행이었던지요. 은희경 작가는 노련하게도 나와 마마두 간에 생긴 균열을 거칠게 봉합하지 않으면서도 읽는 이로 하여금 훈훈한 마음으로 책을 덮을 수 있도록 멋진 엔딩을 선사했습니다. 우리는 낯선 곳에서 무엇도 달라진 게 없는 나를 발견하고, 쉽지 않은 타인과의 관계에서도 벗어나지 못하죠. 그런데도 옆 사람을 통해 작은 온기를 되찾기도 하고 불현듯 작은 희망의 실마리를 붙잡기도 합니다.

이 소설은 낯선 곳이 가져다주는 변화된 삶 속에서 오히려 더 선명해지는 '나'를 보여 주는 것 같아요. 나를 버리고 싶지만, 결국 떠난 곳에서 발견하는 것은 더욱 확연해진 내 모습일 뿐이죠. 작가의 말에서 은희경 작가는 소설 속의 인물들이 위축되고, 불안한 가운데서도 자신을 내버려 두지 않기를, 타인에게 공감하려 애쓰기를 바랐다고 말했습니다. 그 마음이 소설 속 인물들에게 잘 투영되었을까요. 작가는 책 어디에서도 '연대하라'라고 크게 외치지는 않아요. 하지만 책을 덮은 당신은 낯선 땅이 아닌 지금 이 땅에서 함께 곁에 있어 줄 누군가를 필요로 하는 마음만이 지친 삶의 해법이라는 것을 느끼게 될 지도 모릅니다.

2

완벽한 무엇이
되지 않더라도

『나는 완벽한 멕시코 딸이 아니야
I Am Not Your Perfect Mexican Daughter』
에리카 산체스

아침에 일어나면 오늘 하루도 무탈하기를, 그저 기분 좋은 하루가 되기를 바라지만 그조차 쉬운 일은 아닐 때가 많습니다. 저는 창업을 한 이후로 '어쩐지 오늘 일이 좀 잘 풀리네' 싶을 때는 꼭 문제가 생기곤 합니다. 다행인 건, 반대의 경우도 많다는 거죠. 모든 게 엉망이 된 줄 알았는데 해결의 실마리를 찾기도 합니다.

그래서 누군가가 저에게 30대가 된 후 달라진 것이 뭐냐고 물어본다면, '그러려니'를 잘하게 된 거라고 말할 거예요. 저는 어려서부터 기쁜 일이나 슬픈 일이 있을 때도 평정심을 유지하려 노력하는 편이었는데요. 그런 모습이 멋있어 보였나 봅니다. 그러다 보니 서른이 넘어서는 좀 더 수월하게 그러려니를 잘하는 것 같아요. 힘든 일이 생겨도 이 상황이 내 바닥까지 침범하지 않는다는 걸 안다고 할까요.

몇 년 전부터 제가 마음 관리를 대단히 잘하는 게 아니라, 그저 운이 좋았을 뿐이라는 것도 알게 되었습니다. 고개 숙여 감사해야겠죠. 힘들고 짜증 나며 억울하고 외로운 순간들이 찾아오지만 그래도 괜찮아질 거란 희망이 있는 삶이니까요. 이 세상 모든 사람이 이 정도 마음가짐으로 충분히 행복하다면 얼마나 좋을까요. 때로 비극적인 전쟁의 참상을 전하는 뉴스를 접할 때면 개인의 힘으로는 희망을 찾을 수 없어 좌절하고 고뇌하는 삶이 존재한다는 사실 앞에 숙연해질 때가 많습니다. 뉴스뿐 아니라 문학도 우리가 세상을 바라보는 창 중의 하나이지요. 이 책 『나는 완벽한 멕시코 딸이 아니야』 역시 저에게 또 다른 삶을 일깨워 주며, 깊이 빠져들게 했고, 겸허한 마음가짐을 가지게 했습니다. 할 수 있다면 더 나은 사람이 되어 타인과 희망을 나누고 싶다는 생각을 했습니다.

우리 대부분은 살면서 어떤 자리에 맞는 역할을 요구받을 때가 있고, 자신도 완벽한 삶을 펼치기를 소망하는 순간이 있습니다. 때로는 완벽한 부모, 완벽한 딸, 완벽한 직장인, 완벽한 CEO 등 '완벽한'이란 단어에 그 뒤의 역할이 가진 진정한 의미가 가려져 버리기도 하죠.

『나는 완벽한 멕시코 딸이 아니야』라는 책 제목을 보자마자 '완벽한 한국의 딸'은 어떤 모습일까 잠시 생각해 보았습니다. 아마 '공부를 열심히 한다'가 최우선이겠죠. 시카고에 사는 멕시코 이민자의 딸 훌리아에게 요구되는 덕목은 공부는 적당히, 말과 행동은 얌전히, 최소한의 교육을 마치면 대학에 가지 않고 부모님과 함께 사는 것입니다. 무엇보다 결코 가족을 떠나지 않는 것이 중요하기에 나의 꿈과 커리어 같은 건 생각할 수 없습니다. 책을 좋아하는 열여섯 살 소녀 훌리아는 완벽한 멕시코 딸답지 않은 자유분방한 모습으로 매일 부모님께 타박을 듣고 있죠. 다행히 그녀와 정반대되는 언니, 조신하고 착했던, 그래서 답답하고 바보 같았던 완벽한 딸 올가가 있었습니다.

어느 날 언니 올가가 갑작스러운 교통사고로 사망하자 커다란 충격과 슬픔으로 훌리아 가족의 영혼은 짓눌리게 됩니다. 훌리아는 서로 너무도 달라 이해할 수 없었던 언니의 죽음에 이상한 점을 발견하고 언니의 죽음을 파헤치게 되지요.

언니의 죽음 이후 가족들의 상처는 쉽게 치유되지 않고, 어른들은 남은 딸 훌리아를 더욱 못살게 굽니다. 엄마는 훌리아의 일거수일투족을 더욱 감시하며 방을 뒤지고 사생활을 간섭하다 못해 외출을 금지해 버리죠. 아빠는 늘 지친 얼굴로 자식에겐 무관심하며, 친척들은 훌리아가 언니처럼 착하고 참한 딸이 아니라고 공공연히 비난합니다. 언니의 죽음 후 사소한 일에도 불같이 화를 내며 갈수록 과잉 행동을 보이는 엄마로 인해 결국 훌리아는 극단적인 선택도 시도합니다.

훌리아는 자신을 '너무 많은 것을 원해서, 양손으로 삶을 꽉 붙잡고서 쥐어짜고 비틀어 최대한 많은 것을 얻어내려는 사람'이라고 합니다. 그 때문에 부모와 친척들, 학교의 반감을 사는 자신 때문에 괴로워하며, 자신을 바꿔보려고도 합니다. 하지만 실제 훌리아가 원한 것은 정말로 대단한 것은 아닙니다. 그녀가 원했던 것은 숨어서 일기를 쓰는 대신 마음껏 글을 쓰는 것. 내 몸을 가리거나 숨

기지 않고 원하는 옷을 입는 것. 고등학교를 졸업하면 대학에 진학해 작가가 되는 것입니다. 하지만 엄마는 그 모든 것을 반대합니다. 훌리아의 엄마는 그녀를 걱정하는 건지, 반쯤 미친 건지 모를 정도로 훌리아를 작은 방 안에 가두고, 어른이 되지 않기만을 바라는 모습을 보입니다. 처음에는 멕시코 문화를 잘 모르면 이해가 안 될 수도 있지만, 읽다 보면 아메리칸 드림을 꿈꾸며 미국에 건너온 이민자들의 삶과 환경을 생각해 보게 됩니다.

극단적 선택을 시도한 후 궁지에 몰려 멕시코에 있는 할머니 댁에 머물게 되는 훌리아는 엄마의 고향에서 사실 엄마야말로 누구보다 '멕시코 딸'답지 않은 당당한 딸이었다는 걸 알게 됩니다. 엄마는 가족을 떠나 더 나은 미래를 꿈꾸며 미국으로 떠나오는 위험을 무릅쓰죠 그 과정에서 많은 일을 겪고 다쳐 버린 엄마와 아빠를 이해하게 됩니다. 그리고 얌전한 줄 알았던 언니에게 실은 다른 사정이 있었다는 것도 알게 되죠. 엄마가 성숙해 보이는 옷을 못 입게 하고, 남자친구를 못 만나게 하며, 말도 안 되는 억압과 타박을 가했던 이유가 무엇이었는지, 조금씩 훌리아의 마음속 물음표가 해소되어 갑니다. 물론 이해한다고 모든 문제가 해결되진 않죠. 다행히 훌리아 곁에는 그녀의 마음을 이해해 주고 조금씩 나은 길로 이끌어 주는 잉맨 선생님과 상담사 쿡 선생님이 있습니다. 쿡 선생님은 가족들과의 문제로 폭발해 버릴 것만 같은 훌리아에게, 가끔 사소한 일들이 우리 삶에 일어나는 큰 문제를 상징하거나 계기가 될 수도 있다며, 왜 특정한 순간 훌리아가 그렇게 힘들었는지 생각해 보라고 조언해 줍니다. 엄마의 말 한마디, 아빠의 심드렁한 표정 하나에도 거칠게 반항하며 미칠 것 같았던 훌리아는 점차 이 모든 방황의 점들을 연결하는 자신만의 길을 찾습니다. 그것은 완벽한 멕시코 딸의 길은 아니었지만, 훌리아와 가족들 모두에게 필요했던 변화의 길이었습니다.

몇 장만 읽어도 느끼실 거예요. 이렇게 실감 나는 이야기는 분명 실화라는 걸. 이민자 가정에서 자란 작가 에리카 산체스의 자전적 이야기입니다. 주인공 훌리아처럼 영리하고 똑똑하지만, 가족과 그가 속한 문화에선 괴짜, 반항아였던 작가가 어린 시절에 꼭 읽고 싶었던 용감한 라틴계 소녀의 이야기를 직접 썼다고 해요. 본인이 속한 문화, 사랑하는 가족들과 늘 맞서야만 했던 작가는 어린 시절, 원하는 곳을 가고, 하고 싶은 일을 꿈꾸는 행동은 잘못이 아님에도 엄마가 원하는 멕시코 딸이 될 수 없기에 늘 자괴감을 느껴야 했죠. 소녀의 지적·감성적 성장은 부끄럽거나 타락한 일이 아님에도 자기 자신을 끊임없이 부정해야만 했던 기억들은 비단 작가만의 것이 아니었을 겁니다.

이민자 소녀 훌리아의 이야기는 출간 직후 「뉴욕타임스」의 베스트셀러로 11개월 동안 상위권을 차지하며 큰 성공을 거두었고, 「타임」이 선정한 '최고의 청소년 문학 100' 안에 들어갔다고 해요. 저는 이 소식을 듣고 소설 속 훌리아가 더는 울지 않겠다는 생각에 기분 좋았습니다. 그녀는 꿈꾸던 대로 세계적인 작가가 되어 가고 싶은 나라에 가고 원하는 옷을 입으며 살아가게 되었습니다. 그리고 훌리아와 같이 가족과 세상이 만든 틀에 갇혀서 절망을 겪는 전 세계 많은 소녀가 이 책을 읽고 희망의 증거를 찾아낼 수 있게 된 것에 안심했습니다.

아마 책을 읽으면서 순간순간 울컥하는 마음이 생길 거

예요. 때로는 분명 슬프고 답답한 상황인데 재미있는 표현에 웃음이 나기도 하고, 흥미진진한 전개 덕에 빨리 다음 장을 읽고 싶은 조바심도 들겠죠. 유쾌하면서도 진지한 이 작품을 통해 작가는 비단 멕시코 소녀들에게만 메시지를 던지려던 건 아닐 겁니다. 우리 모두 어떤 측면에서는 소수자이고, 어떤 측면에서는 주어진 환경 속에서 괴로움을 억누르고 나의 의지로 이 상황을 뚫고 나가야만 하기에 이 책은 큰 울림을 주는 것 같습니다.

훌리아는 숱한 억압 속에서도 자신이 원하는 삶을 살아가고 싶은 자유를 갈망하며, 더 성장하고 멋진 사람이 되고 싶은 열망을 향해 귀를 기울였고, 한 걸음 내딛는 용기를 보여 줬습니다. '나에겐 그런 열렬한 갈망이 없는데', '내가 무엇을 원하는지, 어떻게 살아가고 싶은지 잘 모르겠고, 일단 훌리아 같은 성격도 아닌데'라고 느끼는 분도 많을 거예요. 생각해 보면 저도 나름 모범생에 가까운 삶을 살아왔는데요. 여기서 모범생이라 하면 엄마와 선생님의 기준으로 바람직한 일을 군말 없이 한다는 의미겠죠.

당시에는 훌리아처럼 자신이 사랑하는 일이 무엇인지 잘 알고, 주변의 반대에도 굴하지 않는 친구를 보면 나와 참 다르다고 생각했던 것 같아요. 그런데 서른이 넘어서야, 비로소 내가 원하는 일을 고민하기 시작했습니다. 어른들이 바라고, 사회에서 옳다고 하는 삶을 꽤 오랫동안 살았던 건, 저 역시 '완벽한' 무언가가 되어야 한다는 생각이 누구보다 컸기 때문이었던 것 같습니다.

저뿐 아니라 착한 딸, 착한 학생, 착한 연인, 착한 아내, 착한 엄마 등 남들이 정한 기준에 따른 역할을 해 내고자 고군분투하는 것이 인생이라 생각하는 사람들이 많죠. 그러다 보니 진짜 가슴 뛰는 곳이 어느 방향인지 잊어버린 채 살아가고 있는지도 모릅니다. 그런 면에서 우리는 여전히 미성숙한 사람들이지만, 세상이 말하는 완벽한 OO란 언제든 바뀌는 기준일 뿐, 나의 행복과 성장을 위한 첫걸음은, 먼저 나만의 기준을 세우는 과정에 있다는 것을 이제라도 기억하며 살아가고 싶습니다.

소설 속에 훌리아가 가장 싫어하는 의식 '킨세녜라'가 나오죠. 열다섯 살을 맞이하는 생일파티이자 멕시코식 성년식인데요. 절대로 원하지 않았던 각종 상징으로 가득한, 그저 나를 둘러싼 가족과 사회의 염원만이 담긴 의식이죠. 저는 그러한 의식들을 우리가 현실 속에서 얼마나 많이 치르고 있나 생각해 보기도 했습니다. 어쩌면 우리의 삶이 홀리아보다는 평온함에도 불구하고, 우리는 더욱 자발적으로 완벽한 무엇인가가 되고자 하루하루 애쓰고 있는 건 아닐까요.

우리는 여전히 미성숙한 사람들이지만,
세상이 말하는 완벽한 OO란
언제든 바뀌는 기준일 뿐,
나의 행복과 성장을 만드는 건
나만의 기준을 세우는 과정에 있다는 것을
이제라도 기억하며 살아가고 싶습니다.

3

매일 조금씩
기적을 만드는 일

『기적일지도 몰라』
최희서

삶에서 일어나는 우연이 계속되면 운명인가 싶죠. 그렇게 하나씩 쌓아 올린 운명은, 때로 기적 같은 일을 만들어 냅니다. 어쩌면 처음부터 우연이 아니었을지도요. 기적은 우리가 모르는 사이에 '매일 조금씩, 느리게' 일어나고 있습니다. 이처럼 기적을 만들어 내는 마음을 기록한 최희서의 산문집 『기적일지도 몰라』는 '편견을 깼다'라는 진부한 표현으로 시작해야 할 것 같습니다. 저와 같은 편견 때문에 이 책을 보고도 지나쳤을 분들이 많을 듯하거든요.

그녀는 많은 분에게 낯이 익은 배우입니다. 영화 「박열」에서 조선의 자유와 독립을 위해 싸운 일본인 여성 '가네코 후미코' 역을 맡아, 강렬한 매력과 카리스마가 흘러넘치는 연기를 보여 주었죠. 하지만 이 책은 배우 최희서를 전혀 모르는 분이 읽어도 될 만큼 내밀하고도 반짝이는 마음을 담은 귀한 글이라고 생각했습니다.

최희서 작가는 가장 좋아하는 일이 연기, 그다음으로 글쓰기라고 합니다. 배우로서 자리 잡고 난 뒤에 '책을 한 번 내 볼까?' 해서 후다닥 쓴 글은 아니더라고요. 친구들과 단편 영화를 만들던 대학 시절, 단역 배우에서 시작해 우연히 영화 「동주」에 발탁되고, 「박열」의 가네코 후미코가 되며, 배우이자 각본가, 연출가가 된 현재에 이르기까지 매 순간 자신을 만들어 온 마음가짐에 대해 틈틈이 써 온 글이었습니다. 배우는 다양한 배역을 자신의 것으로 만들어 관객에게 작품이 가진 의미를 전달하는 사람이잖아요. 이번에는 모든 배역을 벗어던지고 인간 최희서에 대해 써 내려간 글이라고 할 수 있습니다.

책의 맨 앞에 실린 '86년생 배우 최희서입니다'라는 글은 여성 배우로서 프로필의 나이를 줄여야 했던 일, 결혼을 앞두고 막막했던 심정을 토로한 내용으로 이미 큰 화제가 된 적이 있습니다. 이 책은 그녀가 오랫동안 카카오의 블로그 서비스인 브런치에 써 온 글들을 담아낸 것인데, 작가는 한때 2년 가까이 브런치 계정을 방치하다가, 결혼을 앞두고서야 다시 글을 쓰게 되었다고 해요. '결혼을 공표하는 것이 왜 이토록 두려운 걸까?'에서 시작된 고민, 여성 배우이기 때문에 달라지는 주변의 시선, 시선을 넘어 실제로 찾아올 수 있는 커리어의 변화, '유부녀', '30대 여배우'라는 수식어와 숫자 앞에 찾아오는 불안감이 있었겠죠. 그러나 끝내 세상에 질문을 던져야겠다는 결심을 담은 글을 모두가 볼 수 있는 브런치 공간에 공개했습니다. 어쩌면 이 글은 세상의 평가와 잣대에도 불구하고 '나의 삶을 한 걸음씩 걸어가 보겠다는 선언'으로 느껴지기도 합니다.

책을 읽다 보니 어쩔 수 없이 저의 '결혼' 시기가 떠올랐습니다. 여자 아나운서도 결혼이 고민거리가 되긴 마찬가지거든요. 나이를 먹을 때마다 즐겁고 설렜던 어린 시절과 달리, 우리 모두 언젠가부터 '나이'라는 숫자가 점차 부담으로 다가오는 어른이 되고 말지요. 하지만 특히 여성에겐, 또한 특정 직업군의 사람에겐 나이 듦이 '부담'이란 말로는 표현할 수 없을 만큼 버텨야만 하는 삶의 무게로 다가오는 것 같아요.

저 역시 지망생 시절부터 한 살이라도 어릴 때 아나운서 시험에 합격해야 하고, 몇 년 차쯤 되면 어떤 프로그램을 맡아야 하며, 되도록 어린 나이에 전성기가 시작되어야 하고, 결혼 전까지 많은 인기를 누리는 게 중요하다는 걸 알고 있었습니다. 어리고 경험이 적은 여자 아나운서가 '파격 발탁'되어 회사에서 기대하는 프로그램에 배치되고, 최연소 여성 아나운서가 입사하면 어린 나이를 추켜세우며 화제의 뉴스가 되기도 했지요. 그래서 '왜 여성 아나운서는 세월이 지날수록 쌓이는 경험과 실력, 연륜이 조직 안에서 귀하게 쓰이지 못하는 걸까', '이 조직이 그런 걸까, 아니면 이 세상이 그런 걸까'라는 의문을 늘 품고 있었죠. 입사 전에도 분명 알고 있었지만, 입사하고 보니 저 혼자 아무리 발버둥 쳐도 절대 무너지지 않을 것 같은 아주 굳건하고 튼튼한, 유리 천장이 있었습니다.

최희서 작가, 그리고 저뿐 아니라 여성이라면 일찍이 어린 나이부터 어렴풋이 느끼기 시작합니다. 나이 듦이 반갑지 않다는 것을요. 나의 무대는 언제 왔는지도 모르겠는데, 금방 비켜 줘야 하는 시기가 온다는 걸요. 시간이 지나고 나니 그것이 정말 '나의 무대'였을까, 하는 의문이 듭니다. 사회가 만든 '젊은 여성에게 주어지는 무대'는 나의 성장과 성숙을 반가워하지 않았던 것 같거든요.

제가 결혼을 생각했던 시기는 저의 커리어가 조용히 중단되었을 때였어요. 아무리 애써도 당장 몇 년은 답이 없겠구나, 나는 물속으로 깊이 잠수하는 중이구나 싶던 때에 비로소 결혼을 결심하게 된 거죠. 주변 사람들이 보기에는 평온한 시간이었지만, 당시에는 모든 것을 포기하고 쌓아온 것들은 모두 버리고, 내려놓는 기분이 들었습니다. 앞으로 완전히 새로운 인생이 시작될 거라고 여겼습니다. 서른, 결혼이 뭐라고 그렇게 비장했을까요. 그렇다면 이러한 부끄러운 생각을 왜 저는 털어놓고 있는 것일까요. 어쩌면 그때 느꼈던 불안과 고민이 지금의 저를 날마다 달리도록 만들기 때문인 것 같습니다.

'결혼을 앞둔 여배우의 고민'이란 글 한 편 때문에 이 책을 고른 건 아니었습니다. 제가 앞서 '편견을 깼다'라고 말했는데요. 아름답고 멋진 사람들의, 아름답고 멋진 이야기는 종종 접할 수 있습니다. 너무나 반짝거려서 부럽기도 하고, 기막히게 세련되어 감탄을 자아내기도 해서 동경심으로 책이 술술 읽히기도 하죠. 물론 아름답고 멋진 최희서 배우의 글에는, 제가 생각했던 배우로서의 겉모습보다는 꿈을 이루고자 노력했던, 현재도 치열하게 노력하는 한 인간의 순수한 마음이 담겨 있었습니다. 작품이 없을 때는 아르바이트를 하면서 '나를 캐스팅할 작품이 없다면, 내가 직접 연극을 만들어 보겠다'라고 적극적으로 나서기도 하여 이 자리에 올 수 있었죠. 꿈은 누군가 이뤄 주는 것이 아니라 나 자신이 하나씩 만들어야 한다는 것을 몸소 증명한 그녀였습니다.

최희서 배우는 영화 「박열」로 대중의 관심을 받은 해 대종상 신인여우상과 여우주연상을 동시에 받고, 그 외에도 총 열한 번의 신인상을 받았는데요. 이 엄청난 프로필로만 그녀를 알고 있던 저에게는, 이 청아함과 진중함이 낯선 만큼 반가웠습니다. 그녀는 배우의 꿈을 품고 비로소 대중에게 알려진 「동주」와 「박열」이란 작품을 만나게 되기까지 무려 8년의 세월이 걸렸다고 이야기했습니다.

"나는 오늘 왜 달릴까. 나는 지금 어디를 달리고 있을까. 배우로서, 사람으로서, 나는 나 자신을 오늘도 단련하고 있는가. 그 단련의 끝이 비록 실패더라도, 그 보잘것없는 내 모습을, 그 진실한 내 모습을, 나는 감당하고 있는가." 라는 책의 문장이 마음에 깊이 스며들었습니다. 이 독백은 마치 영화 속의 한 장면처럼, 최희서 배우의 서사를 만드는 굵직한 순간처럼 느껴졌어요. 하지만 8년의 노력은, 언젠가는 기적이 일어난다는 걸 미처 알지 못한 채 이어져 왔기에 더욱 특별했습니다.

저는 책을 다 읽고 나서도, 왜 책의 제목이 『기적일지도 몰라』인지 궁금했어요. 이렇게 성실하게 자신의 길을 걸어온 사람도 없을 텐데요. 앞이 보이지 않는 터널 속에서 노력해 온 시간, 지하철에서 미친 듯이 대본을 읽고 있던 모습을 우연히 본 감독님에게 캐스팅되어 영화 「동주」를 찍게 된 일마저도 순전히 그녀의 노력으로 이뤄 낸 성과에 작은 우연이 더해진 것 같은데 말이에요. 작가는 자신이 오랫동안 혼자 발버둥 치며 조용히 쏟아 온 노력이 어느 날, 씨앗이 싹을 틔우는 것처럼 이루어졌다고 말합니다. 씨앗이 싹을 틔운 일은 분명 씨앗을 심고, 흙을 잘 덮어 주며, 물도 주고, 햇빛을 잘 받도록 애정을 담아 가꾸었기 때문이지요. 그리고 그것은, 동시에 기적이기도 한 거예요. 작가는 한 인터뷰에서 "매일 일어나는 기적의 순간을 알아챌 수 있었으면 좋겠다"라고 말합니다.

항상 불안을 안고 살아가야 하는 배우라는 직업을 가진 작가는 그 속에서 언제나 내가 왜 배우로서 존재하는지, 그리고 이 일을 얼마나 사랑하는지 잊지 않으려고 노력하죠. 자신의 꿈을 사랑하고, 그 노력을 보답 받는 사람의 글을 읽고 나니 마음이 청명해졌습니다. 우리에게도 종종 찾아오는 삶의 고민과 불안함 앞에서, 이 곧은 시선과 열정을 한 번쯤 떠올려 본다면 좋을 것 같아요.

자신이 오랫동안 혼자 발버둥 치며
조용히 쏟아 온 노력이 어느 날,
씨앗이 싹을 틔우는 것처럼 이루어졌다고 말합니다.
씨앗이 싹을 틔운 일은 분명 씨앗을 심고,
흙을 잘 덮어주며, 물도 주고,
햇빛을 잘 받을 수 있게
애정을 담아 가꾸었기 때문이지요.
그리고 그것은, 동시에 기적이기도 한 거예요.

4

진정한 자신을
찾아낼 용기

『배움의 발견Educated』
타라 웨스트오버

이 책을 읽을 분들을 위해 주의 사항을 말씀드립니다.

- 표지와 제목을 오해하지 말아 주세요. 표지에 그려진 연필을 비롯해 『배움의 발견』이라는 제목, 공부하라는 의미가 아닙니다.
- 첫 부분이 지루합니다. 미국의 역사와 특정 종교를 이해하는 게 필요해서 그런 거니 조금만 기다려 보세요.
- 분노 주의, 고구마 주의. 읽다가 너무나 화가 나고, 답답하며 슬플 수 있습니다. 하지만 주인공이 만드는 기적과 그녀가 개척해 나가는 운명에 주목해 주세요.

이 책은 1986년, 미국 아이다호의 외딴 산골에서 태어난 한 여성의 회고록입니다. 30대 중반이면 회고록을 쓸 정도의 인생은 아니지요. 하지만 태어난 순간부터 지금까지 작가가 어떤 일들을 겪어 왔는지 안다면, 오히려 당연하다고 여길 겁니다. 이 책은 작가의 어린 시절부터 성인이 되기까지의 일들을 순차적으로 기록했기에, 초반부에서는 이 책이 하고 싶은 말을 짐작하기 힘듭니다.

주인공 '타라'의 아버지는 세상의 종말이 임박했다고 믿는 모르몬교 신자입니다. 책을 열어 보면 '저자의 말'에 "이 이야기는 종교적 신념에 대한 것이 아니다"라는 말이 나오는데요. 작가는 이 책의 메시지가 자칫 종교적 원리주의를 비판하고 정신 질환에 가까웠던 부모를 비난하는 데서 끝나기를 바라지 않았던 것 같습니다. 하지만 읽을수록 화가 나는 건 어쩔 수 없습니다.

공교육과 현대 의학을 철저하게 부정하는 부모는 타라의 출생 신고조차 하지 않았으며, 혼자 걷기 시작하고 알파벳을 배울 나이에 그녀는 위험천만한 고철 처리장에서 일합니다. 학교에 가 본 적도 없는 그녀가 우연히 책이라도 펼쳐 보는 날엔 아버지에게 큰 벌을 받았습니다. 그녀와 형제들은 친부모가 내몬 고된 노동 현장에서 몸 전체를 불에 데어 화상을 입거나 높은 작업장에서 떨어져 뇌를 다쳐도, 큰 교통사고를 당해 영구 장애가 생길 때도 병

원을 거부하는 부모의 영적 치료에 의존한 채 살아야 했습니다. 그녀는 그 모든 고통을 감내하며, 세상의 종말만을 기다리고 있어야 했죠. 작가는 "나는 영원히, 항상 어린 아이로 남아 있어야 했다. 그렇지 않으면 아버지를 잃게 될 것이다."라고 말합니다. 어느덧 열여섯 살이 된 타라는 우연한 기회에 오빠의 도움으로 아버지 몰래 대입 시험을 준비하고, 급기야 대학에 입학합니다. 그리고 그녀에게 조금 '똑똑해지는' 정도가 아닌, 그녀의 인생을 송두리째 바꿔 놓는 운명적 변화가 찾아옵니다.

처음엔 '커닝'의 의미를 몰라 친구의 답안지를 베껴 적고, '씻는 법'조차 배운 적이 없어 룸메이트들에게 따돌림을 당하며, '홀로코스트'가 무엇인지 모른다는 말로 강의실 분위기를 얼어붙게 만들죠. 게다가 나폴레옹과 장발장 중 누가 역사적 인물이고, 꾸며낸 인물인지 알지 못하는 그녀는 주변에서 이상한 사람 취급까지 받게 되는데요. 그것조차 그녀가 배움을 갈구한다는 이유로, 가족으로 인해 겪어야 했던 혼란에 비하면 아무것도 아니었습니다.

흑인 탄압과 피의 역사를 배운 뒤, 타라는 친오빠에게 매일같이 듣던 '검둥이'라는 별명이 혐오와 비하의 표현이었음을 알고 놀라게 됩니다. 점차 그녀는 그동안 자신이 받아온 폭력이 무엇을 의미하는지 깨닫고, 너무나 오랜 시간 위협 받아 왔던 자신의 안전과 생명의 소중함에 눈을 뜹니다. 이제는 폭력을 거부하는 타라에게 가해지는 가족들의 더욱 심한 폭력과 따돌림은 너무나 가슴 아프게 기록되어서 자칫 책을 덮고 싶게 만듭니다. 하지만 이 부분이야말로 인류 역사의 압축판 같았다고 할까요. 평생 당연하게 받아 오던 폭력과 세뇌, 억압에서 깨어났을 때 개인은 어떤 행동을 취하게 되는지, 이에 맞섰을 때 다가오는 더 큰 구조적 억압과, 이에 대항하는 역사적 존재로 사는 삶을 생각했습니다.

처음 타라가 진실을 알게 됐을 때, 그녀는 차라리 모르는 게 나을 뻔했다고 후회합니다. 그동안의 폭력을 잊으려 노력하며 이미 고통에 무감각해졌다고 생각했는데, 다시금 그때의 상처를 헤집고 그것을 직면해야 하는 과정을 겪습니다. 태어나 지금까지 타라에겐 가족밖에 없었습니다. 그런데 알고 보니 가족이 자신을 폭행하고, 겁박하며,

억압하고, 진실이 아닌 피해망상과 과대망상으로 세뇌했다는 사실을 알게 됩니다. 이제 와서 그들을 거부하고 세상에서 철저히 혼자가 되는 것이 쉬운 일은 아니었겠죠. 책을 읽으며 그녀가 느꼈을 내적 갈등과 외로움에 눈물이 날 것 같았습니다.

한편 처음으로 가족이 아닌 다른 이성을 접하며 '성性'에 대해 눈뜨게 되는 타라. 첫 데이트 상대가 손을 잡자 자신을 '창녀'라고 느끼며 강하게 거부합니다. 평소 집에서 옷이 조금만 말려 올라가도, 실수로 살결이 약간만 보여도 가족들에게 수없이 들어 왔던 말입니다. 그녀는 어린 시절의 세뇌로 어른이 되어 사랑하는 사람을 만난 뒤에도 여전히 자신이 창녀인지 아닌지를 구분하지 못해 혼란스러워합니다. 자신이 창녀가 아님을 인정하는 순간, 자신을 그렇게 불렀던 아버지와 형제들의 가르침이 그릇되었다는 것을 받아들여야 합니다. 그것은 비단 한 단어가 아니라, 그녀의 모든 인식과 세계관이 변화해야 함을 의미합니다.

공황 발작과 신경 쇠약을 겪으며 가족에게 제대로 맞설

수조차 없는 극한의 두려움 속에서 자아를 찾아가는 그녀의 글은 사이다처럼 통쾌하지 않습니다. 이 이야기는 실화이기에, 드라마처럼 한 번의 큰 깨달음으로 모든 모순을 바로잡을 수 있는 순간은 찾아오지 않습니다. 꽤 오랜 시간 동안 주인공 타라는 배움의 세계와 가족의 세계 사이에서 자아를 확립하지 못한 채 갈등합니다.

자신이 누군지를 결정하는 가장 강력한 요소는 그 사람의 내부에 있다고 합니다. 자아란 변신, 탈바꿈, 허위, 배신의 여러 이름으로 불릴 수 있고, 타라는 그것을 '교육'이라 부릅니다. 또한 진정한 교육, 즉 배움은 자기 자신을 발견해 나가고, 자기 생각을 발전시키는 과정이라고 말하죠. 때로는 배움이 지식의 축적이나 더 높은 계층으로 향하기 위한 사다리 역할을 하지만, 이 책에서 배움은 아버지의 비틀어진 신념이 잘못됐다는 것을 깨닫고 자기 삶을 들여다보는 새로운 눈을 뜨며, 자신의 역사를 만드는 발걸음을 내딛게 하는 역할을 합니다.

작가 타라 웨스트오버는 2019년 「타임」이 선정한, 세계에서 가장 영향력 있는 인물 100인으로 선정되기도 했습니다. 책을 읽으며 세상의 수많은 관점과 지식 세계를 탐구하는 그녀의 순수한 배움의 열정은 그 자체로 신비롭고 아름다웠습니다. 배움을 더해 갈수록 잊고 있던 유년기의 상처가 드러나며 이를 이겨 내는 과정에서는 슬픔과 두려움, 경외감을 느끼기도 했습니다. 결국 그녀는 케임브리지대와 하버드대에서 수학하며 케임브리지대 역사학 박사 학위를 받습니다. 책의 말미에는 "누가 역사를 쓰는가?' 나는 '바로 나'라고 생각했다"라는 문장이 있습니다. 이 문장을 읽으며 저는 독자로서 전율을 느꼈습니다. 미국 아이다호의 시골 마을을 벗어나는 것만으로도 가족에게 버림받았던 그녀가, 바다 건너 대학에서 박사 학위를 받은 사실은 그 자체로 해방의 상징처럼 보입니다. 타라는 자신을 발견하는 도구로 '배움'을 선택했으며, 이를 통해 그녀가 겪은 과거의 상처를 '결코 영향을 끼칠 수 없는, 대단치 않은 유령'에 머물러 있도록 만들었습니다. 매일 매 순간 그녀에게 오로지 '무게를 지닌 것은 미래뿐', 그녀 자신의 모습을 찾아가는 여정을 막아설 존재가 없다는 사실은 제게도 선명한 깨달음으로 남았습니다.

5

어느 날 '악의'가
나를 찾아올 때

『대불호텔의 유령』
강화길

"귀신 들린 집이 입주자를 고르듯, 이 이야기가 당신을 선택할 것이다" 책의 띠지 카피가 어떤 신비로운 힘을 발휘했는지, 무엇에 홀린 것처럼 고른 책이 있습니다. 며칠간 '책 좀 안다'라는 지인들이 공통으로 추천한 책이라 어느새 그 책을 들고 퇴근하게 되었던 겁니다. 그러고 보니, 유령이라는 단어가 제목에 들어간 소설을 자발적으로 고른 건 처음이었던 것 같아요. 그날은 유독 일도 많고 바빴던 탓에 조금 지쳤지만, 저는 새로운 독서를 경험합니다.

무서운 이야기입니다. 아주 무섭지는 않아요, 조곤조곤 말로 겁주는 책, 『대불호텔의 유령』을 읽었습니다. 이 책은 참 독특한 분위기를 띠고 있습니다. 처녀 귀신이 아니고 유령이 등장하지만, 한국적인 느낌이랄까. 이런 분야를 요즘은 한국식 고딕 소설이라고 한다지요. 이 책은 사회적 억압과 한계 속에서 생겨나는 인물들의 '한'을 소재로, 스릴러의 서사 속에서 인물들이 느끼는 불안과 공포를 독자도 함께 느끼는 것이 특징입니다. 말씀드린 대로 '고딕' 소설의 범주에 들어가는데요. '고딕 소설'의 의미를 검색해 보면 '중세적 분위기를 배경으로 공포와 신비감을 불러일으키는 유럽 낭만주의 소설 양식', 주로 잔인하고 기괴한 이야기, 비교적 선정적인 문학으로 치부된다는 인상입니다. 그 유명한 『프랑켄슈타인』이 대표적인 고딕 소설입니다. 오늘날에는 꼭 중세의 배경이 아니더라도 인간의 비합리적 욕망이나 충동 같은 부분이 강조되기도 하고, 소재는 다양하지만 주로 무서운 분위기의 소설을 칭하지요.

강화길 작가의 소설은 고딕이라는 장르적 특성과 더불어 한국 사회의 '원한'이라는 정서와 강력한 스토리텔링의 재능을 유감없이 발휘합니다. 이번 책을 고른 가장 큰 이유는 가독성이 좋을 거라고 생각했기 때문인데요. 그 어떤 책보다 뜨거웠던 머리를 빠르게 식혀 주는 느낌이었어요. 쿨링 효과라고 해야 할까요. 유독 지친 날에 읽었다고 말씀드렸죠. 처음에는 '귀신? 뭐야~' 했는데, 책을 읽는 와중에 머릿속이 서늘해지더라고요. 이래서 다들 공포물을 즐기는 건가, 처음으로 이해가 될 듯 말 듯 했습니다.

소설은 액자식 구성이고, 화자 '나'는 소설가입니다. '나'는 자신이 악령에 씌었던 적이 있다고 고백하는데요. 특히 소설『니꼴라 유치원』을 쓰려고 할 때마다, 소중한 누군가와 관계가 진전될 때마다, 삶의 어떤 성취를 앞두고 있을 때마다 악의에 찬 목소리가 방해를 해 왔다고 이야기합니다. 점차 '나'는 그 악의에 보란 듯이 맞서는, 더욱 악의에 가득 찬 소설을 써서 그를 짓뭉개 버리겠다고 다짐합니다. 그렇게 우리는 '나'의 소설 속으로 들어가게 되죠.

소설의 배경은 한국 전쟁의 상흔이 지배하고 있는 1950년대, 한국 최초의 서양식 호텔이었던 대불호텔에서 일어난 사망 사건에서 시작됩니다. 대불호텔에서 일하는 '고연주'는 내일모레 스무 살로 나이는 어리지만 당찬 여성이며, 험난한 전후 사회 분위기 속에서 자기 자리를 지키고자 악착같이 살아가고 있습니다. 여러 번 쫓겨날 위기를 겪거나, 불순한 의도로 그녀를 노리는 자들도 있었지만, 누구든 그녀에게 해코지하려는 사람은 계단에서 굴러떨어져 목뼈가 부러지는 등 결코 성하지 못하게 된다는 소문이 돕니다. 아이러니하게도 이는 고연주가 생계를 이어나갈 수 있는 이유가 되죠. 고연주가 바쁜 일을 덜고자 호객 일을 맡긴 '지영현'은 어린 시절 고향에서 좌우 이념 대립으로 이웃 간에 죽고 죽이는 비극을 피해 도망쳤고, 고연주가 내민 손을 잡게 되죠. 지영현은 그녀의 굳건함과 드센 팔자를 부러워하며 동경합니다.

그러던 어느 날, 미국인 '셜리 잭슨'이 대불호텔에 장기 투숙하게 되면서 지영현은 고연주와 함께 살며 호텔 일을 거들게 됩니다. 셜리 잭슨 역시 귀신 들린 집 이야기를 쓰려고 이 더럽고 낡은 호텔을 찾아온 것이었죠. 수상해 보이는 소설가 셜리 잭슨, 대불호텔의 관리자이자 고용인 고연주와 지영현, 그리고 중식당에서 일하는 묘한 분위기의 사나이 '뢰이한'까지, 그들은 과연 대불호텔의 저주를 풀 수 있을지, 끝까지 읽어 보길 바랍니다.

소설이 이야기 속 이야기로 구성되어 있고 혼란스러운 상황들의 반복으로 처음엔 조금 헷갈릴 수 있어요. 저는 그 역시 작가의 의도가 아닐까 생각하며 자연스럽게 따라 갔습니다. 과거와 현재를 오가며 불안감과 으스스함, 끝내 시원함을 선사한 이 소설로 여러분은 어떤 기억과 감각을 경험하게 될지 궁금해요.

한편, 이 책에서는 '원한'과 그로 인한 '악의'가 주요한 주제로 등장하는데요. 누구나 아는 감정이면서도, 어쩌면 사람마다 조금씩 다르게 정의하고 있지 않을까 생각해 보았습니다.

이를테면, '악의'는 꼭 이유가 있어야만 찾아올까요? 때로 이유 없이 일이 잘 안 풀리는 느낌, 꼬이고 꼬여 엉망이 되는 느낌, 사람 간의 오해나 서운함이 쌓여 최악의 상황으로 치닫는 느낌일 때가 있죠. 그럴 때면 '아무 잘못 없는 내게 왜 이런 (세상의) 악의가 찾아오는 것일까?' 생각하곤 하잖아요. 이 책에서는 우리 고전 이야기 『장화홍련전』을 예로 듭니다. 무능한 아버지와 비정한 계모로 인해 원한을 품은 두 소녀가 밤마다 신임 수령들을 찾아가는 탓에, 그들이 계속 죽어 나가죠. 그들은 무슨 죄로 죽어야 했을까요? 어릴 땐 몰랐는데, 지금 생각해 보면 참 억울한 일이죠. 쌓이는 원한도, 그로 인한 악의도, 어쩌면 뚜렷한 인과 관계없이 찾아온다는 것이 이 책이 주는 메시지 중 하나인 것 같습니다.

그렇게 원한도, 악의도 명확한 인과 관계로 생겨나고 사라지는 것이 아니라면, 우리는 세상의 '악의' 앞에서 어떤 태도를 보여야 할까요. 우리를 둘러싼 현실 사회에서도 소설 못지않게 분명 누군가의 '한'이 서려 있을 겁니다. 특히 사회적 약자들의 고통이 '한'으로 서려 있지 않을까요. 그렇게 쌓인 한을 쏟아 내고 싶은 사회, 그리하여 악의는 악의를 낳고, 원한은 원한을 낳는 사회가 되지 않기를 바라는 마음이 들었습니다.

다행스럽게도, 이 책은 내내 혐오와 공포를 그리는 듯하지만, 마지막 순간 그보다 더 큰 사랑을 이야기합니다. 제가 책을 다 읽고도 편하게 발 뻗고 잤던 건 그 때문인 것 같아요.

살면서 나를 둘러싼 '악의'가 느껴지고, 하는 일마다 훼방 놓는 어떤 힘마저 실감했지만, 결국 그런 상황에서 벗어났던 때를 떠올려 봅니다. 내 곁을 지켜 주는 소중한 사람들의 존재, 그들의 힘이 되는 말 한마디, 또는 생각하지 못했던 누군가의 배려나 따뜻한 도움을 받았을 때가 아니었던가요. 설령 우리를 가로막는 무언가가 정말 있다고 해도, 악의와 분노와 원한의 목소리가 속삭이며 위협하고 달려든다고 해도 우린 이미 물리칠 방법을 알고 있습니다.

6

엄마의 음식이
생각날 때

『H마트에서 울다 Crying in H Mart』
미셸 자우너

저도 H마트에서 울어 본 적이 있습니다. 그렇다고 이 책 『H마트에서 울다』를 고른 건 아닙니다. 일단 H마트가 무엇인지 설명해야겠군요. H마트는 미국 유학을 했거나 체류해 본 사람이라면 대체로 아는, 미국에서 한국과 아시아 식재료를 전문으로 파는 대형마트입니다(H는 '한아름'의 줄임말). 그거 아세요? 한국에선 자주 먹지 않는 새우깡도 외국에 가면 괜히 먹고 싶은 거. 엄마가 차려 줄 땐 눈길도 안 가던 평범한 한식 반찬들이 외국에선 왜 그리 존귀해 보이는지. 그럴 때 이곳에 가면 된장, 고추장은 기본이고 한국산 채소, 과일, 과자, 각종 밑반찬까지 없는 게 없거든요. 미국 14개 주 70여 곳에 이 H마트가 있기에 한국계 미국인이라면 누구나 아는 곳이라고 할 수 있죠.

'저도 울어 본 적이 있다'라고 했는데, 조금 과장이긴 합니다. 하지만 한없이 처량한 감상에 빠져 본 적은 분명 있습니다. 20대 초 어학연수를 갔을 때 H마트에 자주 갔거든요. 엄마는 영어 공부하라고 보냈는데, 영어 쓸 일이라곤 전혀 없는 한국 식재료 마트에 불나방처럼 드나들었죠. 예나 지금이나 요리를 못 했던 저는 한참 마트 안을 돌아다녀도 요리를 하려면 뭘 사야 할지 전혀 몰라서, 멀뚱멀뚱 쳐다보다가 늘 소분된 김치통 하나만 사서 나오곤 했습니다. 집에 도착해 김치에 밥만 거칠게 볶은 김치볶음밥을 만들어 먹으며 엄마 집밥을 그리워했던 기억이 나네요.

『H마트에서 울다』는 미국에서 아주 핫한 뮤지션 중 하나인 미셸 자우너가 쓴 에세이로, 「뉴요커」에 실리자마자 수많은 독자의 반향을 불러일으키며 현재 영화화 작업까지 진행 중인 이야기입니다. 미셸 자우너는 한국인 어머니를 둔 한국계 미국인 2세로 '재패니즈 브렉퍼스트'라는 이름의 인디 록 밴드를 이끌고 있으며, 2022년 그래미상 신인상 후보에 오르기도 했습니다. 지금 한 번 작가의 이름을 검색해 보길 바랄게요. 진짜 멋있거든요. 책의 장면들이 머릿속에 훨씬 생생히 그려질 거예요. 요즘 한국인

이 만드는 음악, 예술, 문화 콘텐츠에 대한 세계의 주목도가 심상치가 않은데요. 이제는 한국식 해물 짬뽕, 동그란 뻥튀기, 뽀얀 콩국수, 보글보글 된장찌개 이야기에 전 세계가 흠뻑 빠져들다니 왜인지 으쓱해지는 마음은 어쩔 수 없습니다.

자우너는 어린 시절 미국 오리건주 유진에서 한국인 어머니, 미국인 아버지와 함께 살았습니다. 사실 저는 도시 이름을 처음 들어 봤는데, 작가의 말에 따르면 농업 중심 도시인 유진에서도 멀리 떨어진 숲속 외딴곳에 살았다고 하죠. 어린 자우너의 기억에 자신의 엄마는 다른 미국인 엄마들과 매우 달랐다고 합니다. 아이가 살짝 넘어져 울먹여도 부리나케 달려와 안아 드는 일명 '마미맘 Mommy-Mom'과 달리, 넘어진 자신을 보고 "그쪽으로 올라가지 말라고 했지!"라며 버럭 소리를 지르며 화를 내는 엄마였죠. 그뿐만 아니라 되도록 아이에게 많은 결정권을 주고, 자신감을 키워 주는 게 중요하다고 생각하는 미국인 엄마들(자우너의 시선에서)과 달리, 엄마의 교육 방침은 언제나 무자비하고 단단했다고 합니다. 작가에 따르면 아이에게 필요한 것이 무엇인지 열 발짝 앞서 보며, 그 과정에서 아이가 고통스러워한다고 해도 개의치 않는 것이 엄마의 사랑이었습니다. 흔히 볼 수 있는 한국 어머니들이 자식을 사랑하는 방식이었죠.

그들은 외딴 숲속에서 동떨어져 살았기에, 자우너는 오랫동안 엄마의 엄격한 태도와 교육 방침이 힘들었지만, 동시에 유일한 친구인 엄마에게 인정과 사랑을 받아야 하는 모순적 상황에 놓여 있었던 것 같습니다. 엄마는 가끔 자우너가 한국 사람처럼 한식을 능청맞게 잘 먹을 때 진심으로 기뻐했다고 합니다. 자우너는 "음식은 엄마가 사랑을 표현하는 방법이었다"라고 썼습니다. 그래서 자우너는 엄마에게 인정받고 기쁨을 줄 수 있는 그 순간을 특별하게 여기게 된 것이겠죠. 한번은 한국 여행을 온 자우너가 친척들 앞에서 산낙지를 삼켰을 때 엄마가 "잘했어, 우리 딸!"이라며 감탄하는 장면이 나오는데요, 문장이 어쩜 그리 생생한지 몰라요.

어머니는 자신의 취향에 맞게 자우너를 길들여서 그녀가 한국인으로 보이길 간절히 원했다고 하죠. 그러나 그녀는 동양인이 자신뿐인 학교에서 미국인도 한국인도 아닌 채로 정체성의 혼란을 겪습니다. 자우녀는 그곳에서 늘 자신의 소속을 증명해야 할 무언가를 느끼면서 성인이 되는데, 결국 그녀는 반만 인정받고 반은 이방인 취급을 받으며 두 세계 중 어디에도 온전히 속할 수 없다는 것을 깨닫습니다. 자우녀는 정체성의 혼란과 엄마에 대한 반항심으로 커다란 정신적 고통에 빠져들고, 결국 집에서 5,000킬로미터나 떨어진 먼 곳으로 도망치게 됩니다. 자우녀는 자신을 존중하지 않는 엄마를 떠나 세 군데 식당에서 아르바이트를 했습니다. 밤에는 무명 록 밴드에서 노래하며 쉽지 않은 삶을 살아갑니다. 보이지 않는 미래를 고민했던 시기, 그 모든 고민을 일순간 정지시키는 소식을 전해 듣죠. 엄마가 췌장암 4기이며 생존율이 극히 낮다는 소식을요.

엄마가 아프고 나니 그제야 미안한 마음이 든 반항아 딸의 이야기만이 아니라서 참 좋았습니다. 엄마에게도 이민자의 삶은 처음이었겠죠. 한국과 미국의 엄연히 이질적인 문화 속에 살면서 엄마가 할 수 있었던 유일한 일은 아마 피부를 열심히 관리하고, 깨끗한 옷을 입으며, 무난한 경제적 안정을 추구하는 삶이었을지도 몰라요. 그런 빈틈없는 엄마로 인해 어렸을 때부터 숨이 막혔던 자우녀는 어느 순간 엄마가 '주부'로서의 일상 그 이상의 더 특별한 삶을 산 사람이었다는 걸 알게 됩니다.

오롯이 양육과 사랑을 택한 인생이라 해도, 돈을 벌거나 창작 활동을 하는 사람처럼 성취감을 느낄 수 있다는 것, 그리고 자우녀에게 음악이 예술이라면, 엄마의 예술은 사랑하는 사람들을 돌보며 고동치는 심장 소리를 듣는 일이라는 것, 그런 엄마의 삶은 노래 한 곡, 책 한 권만큼이나 가치 있으며, 이 세상에 기억돼야 한다는 것을 알게 됐죠. 그리고 엄마가 세상에 남긴 단 한 조각의 작품이 바로 자신이라는 사실을 깨닫습니다. 이 책은 비로소 엄마의 삶을 이해하고 자기 삶에 책임감을 느끼게 된 딸의 이야기이자 아시아인 혼혈 여성 소수자의 성장기, 한 예술가의 위대한 탄생기이기도 합니다.

지난 2019년, 그녀는 음악인으로서 성공해 비로소 엄마의 나라에서 공연을 펼쳤습니다. 꿈을 이루는 데 집중해야 했던 시기, 그녀는 엄마와의 마지막 시간을 위해 많은 기회를 포기했습니 다. 책을 읽으며 저는 어리석게도 그녀의 음악적 커리어가 때를 놓치게 될까 봐 걱정하기도 했지요. 저의 걱정은 완벽한 기우였습니다. 엄마와의 추억이 담긴 그녀의 음악은 지금 전 세계인의 마음을 매료시키고 있으니까요. 시련을 거치며 더 단단해진 사람, 그리고 음악인으로서 한껏 만개한 자우너의 모습이 여러분에게도 큰 위안이 될 것만 같습니다.

7

우리가 만든 말이
우리를 다시 만들고

『그래서⋯ 이런 말이 생겼습니다』
금정연

서점에 갈 때면, 어느새 자연스레 문학과 에세이 코너로 발걸음을 옮긴다는 점을 고백합니다. '혼자서는 찾지 못했을 법한 책을 만날 수 있게' 하고 싶은 큐레이터의 사명감, 그러나 마음 한편에서는 '이번 달도 어려워서, 낯설어서, 재미없어서 독서를 포기하지 않도록' 하고 싶은 욕심. 이 둘 사이에서 늘 아슬아슬한 줄타기를 하다가 때로는 치우칠 때도 있다는 걸 부인하지 않겠습니다. 독서의 의미와 재미, 두 마리 토끼를 다 잡고 싶은 욕심이 투영된 게 북클럽의 매력이라고 감히 주장해도 될까요.

어쨌든 저는 매월 인문·사회·역사·철학·과학… 코너의 멋진 책들에 선뜻 손을 내밀지 못합니다만, 이번에는 조금 용기를 내 봤습니다. 이 책 『그래서… 이런 말이 생겼습니다』는 제가 대학 시절 종종 골똘히 하던 고민, 남편과 자기 전에 가끔 나누지만, 인스타그램에는 쓰지 않는 생각들. 한때는 대학 선후배, 회사 동료들과 치열하게 나누던 이야기들과 닮아 있는 책이라고 소개할 수 있겠습니다. 아마 제가 이 책에 나온 주제들을 누군가와 이야기한다면, 제가 그 사람을 꽤 가깝게 여긴다는 뜻일 겁니다. 그렇다고 대단히 금지된 내용인 것은 아닌데요. 우리 사회의 면면을 타인과 이야기하는 건 저에게 꽤 조심스러운 일입니다.

문학은 이야기에 빠져들게 만드는 힘이 있으며, 자연스레 주제 의식도 전달된다는 점에서 참 효과적이고 매력적인 콘텐츠입니다. 같은 주제를 담고 있어도, 이를테면 '소수자에 대한 차별'을 다룬 문학과 비문학은 완전히 다른 책이 되는 것처럼요. 저는 대학 시절 사회학을 전공해서 그런지, 20대 때는 객관에 근거하여 쓴 비문학 책이 읽기 편했습니다. 당시엔 알고 싶은 세상 이치가 많았던 것 같아요. 왜 그런 것인지, 무엇이 문제인지, 대안이 있는지, 무엇이 더 또는 덜 바람직한지, 이 상황으로 인해 누가 행복하고 힘든지를 자주 생각했습니다. 그래서 자연스럽게 뉴스 진행자를 꿈꾸었나 봐요.

그런데 지금은 문학이나, 차라리 경제 경영서를 많이 읽고요, 비문학을 비교적 홀대하고 있는 편입니다. 과거에 고민했던 담론들이나 주제들을 자주 읽거나, 접하거나, 생각하지도 못하는 것 같습니다. 사회를 향한 제 관심이 비즈니스로 전부 옮겨 와서는 아니고요. 분명 이유가 있는데 한마디로 설명하기 어려웠죠. 그런데 이 책을 읽으며 또렷하게 정리가 되었습니다. 마지막에 이야기해 드릴게요.

이 책은 유행어와 신조어를 탐색하는 내용을 담고 있습니다. 작가는 '어떤 단어가 새로 생겨난다는 건 언젠가 사라질 거라는 뜻'이라고 말합니다. 어떤 단어가 유행한다는 것 역시 언젠가 유행이 끝나고 사라진다는 의미라는 거죠. 이 책엔 '어쩔티비' 같은 최신 유행어는 없고요(이 책이 나올 때쯤이면 이 또한 최신 유행어가 아니겠죠). 이미 지나갔을 수도 있는 말들, 그리고 그 말들이 만들어진 우리 사회에 관한 이야기입니다. '가성비', '손절', '틀딱', '시발비용'과 같은 특정한 언어가 우리 사회에 만들어지면 우리는 이 언어에 영향을 받을 수밖에 없죠. '저 친구와 조금 거리를 뒤 볼까?'와 '재 손절할까?'라는 말은 품고 있는 느낌 자체가 정말 다르잖아요. '손절'이라는 단어가 붙는 순간, '관계'에 있어 손익계산이 당연하다는 것이 전제되고요. 그로 인한 손해가 예상되면 단호하게 결정해야 한다는 메시지까지 담고 있으니 말이죠. 결국 사회의 필요로 언어를 만들게 되지만, 그 언어는 다시 사회에 영향을 미치는 거예요. 그러니 이 책에서 다루는 언어들을 평소 쓰지 않는다고 해도, '요즘 세상이 이런가 보군' 하는 호기심을 갖고 읽어 보라 권하고 싶습니다.

'간지'를 부리고, '스웨그'를 뽐내다가, 이제는 '플렉스'의 시대가 왔습니다. 플렉스 문화가 확산하면서 우리 사회는 단순히 명품을 사는 걸 넘어서, 거침없이, 망설이지 않고 돈을 써야만 타인의 부러움을 살 수 있습니다. 돈이 있는 것 자체가 이제는 매력이 되었기에, 돈 있는 사람의 생활 방식을 관찰하기 위해 사람들은 모여들고, 그러한 관심과 인기를 바탕으로 그들이 돈을 더 버는 세상이 되었습니다. 금정연 작가는 20세기 이전에도 사회에는 플렉스 하는 사람들이 존재했지만, 그때는 선망의 대상이기보다 다소 천박하다는 비난을 받았던 것을 돌이켜보며 플렉스를 가능하게 만든 우리 시대의 '믿음'은 무엇일지 되짚어 보자고 말합니다.

이제는 신조어라기엔 너무나 대중적인 '취준생' 이야기가 인상적이었어요. 원래는 졸업할 때쯤부터 취업 전까지 잠깐의 기간을 의미하는 말이었지만, 21세기 100세 시대에 진입하면서 우리는 스물다섯, 오십, 일흔다섯 살에도 계속 취준생이어야 하는 처지에 놓여 있습니다. 평생직장의 개념은 사라졌고, 평생 나의 쓰임과 쓸모를 '증명'해야 하는 시대를 살아가게 된 거죠. 「쇼 미 더 머니」 참가자가 아니더라도 끊임없이 무대에 나가 나를 증명해야 하는 스트레스, 불안함, 불확실성을 감당해야 하는 뉴노멀의 시대입니다. "우리 세대는 조부모와 부모 세대가 힘겹게 일군 안정성을 서서히 잃어가고 있다"라는 책 속 학자의 말처럼, 우리의 삶은 이미 변해 버렸습니다.

그 밖에 저로서는 차마 입 밖에 내기 힘든 '틀딱'이라는 말. 작가의 의견처럼 저 역시 나이 든 사람을 차별하는 언어라고만 생각했거든요. 하지만 한국 사회뿐 아니라 전 세계적으로 이러한 언어가 만들어진다는 것이 의외였습니다. 지금의 젊은 세대가 취약한 환경에 놓여 있다는 작가의 지적에 고개를 끄덕이며 읽었죠. 언젠가부터 저는 제 생각과 말의 절반 정도는 이미 꼰대화가 된 게 아닐까 스스로 검열하고 있습니다. 그러다 보니 문제를 해결하지 못하면서 잔소리만 해대는 기성세대 비판에 공감이 가면서도, Z세대들의 울분과 불안에서 나온 공격과 비아냥에 마냥 웃지도 못하는, 애매하게 낀 신세가 되어 버린 듯합니다.

'맘충', 상식이 있는 사람이라면 쓰지 않을 거라고 믿고 있는 말. 왜 그렇게 생각하는지는 굳이 설명할 필요 없겠지요. 하지만 그 단어가 사라졌다고 해도, '일부의 여성'을 지칭한다면서 실은 전부를 끌어내리는 우리의 언어 표현들은 여전히 많이 남아 있는 것 같습니다. 작가의 말대로 유행이 지나 이제는 아무도 쓰지 않는다고 해도, 그 단어들을 만들어 냈던 당시 사람들의 마음, 그 단어들이 '사람들의 마음에 남긴 흔적'은 쉽게 사라지지 않을 겁니다.

이쯤에서 제가 왜 비문학에서 문학으로 취향이 바뀌었는지 말씀드리면요. 저는 언론사 퇴사 무렵 몇 가지 체념 섞인 마음을 갖고 있었습니다.

- 내 생각이 정말 옳을까.: 내 좁은 시선과 얕은 경험에서 나온 생각들이 내일이면 변하지 않는다고 확신할 수 있을까.
- 내 생각을 말하는 것이 나에게 어떤 이익이나 행복을 주는가?: (언론사 재직 당시 경험 때문에) 별로 그랬던 적 없음.
- 아, 모르겠고, 이제 그만 행복해지고 싶다…

이런 제가 금정연 작가의 글을 읽으며 오랜만에 공감과 통쾌함을 느낀 이유는, 저의 이런 체념 어린 마음을 이미 다 알고 있는 듯했기 때문이었습니다. 그런데도 작가가 하고 싶은 이야기를 들려주니 편안했고요. 마냥 세상을 해맑게 그리지도 않지만, 대뜸 모든 것을 바꿔 버리자며 끓어오르지도 않지요. 재미있는 이야깃거리가 많고 편협하지 않으면서도 자기 취향과 생각을 위트 넘치게 표현했습니다.

책에 등장하는 '영혼 기병 라젠카', 'LG 야구 이야기' 등은 지식이 없어 잘 모르겠더라고요. 금정연 작가와의 북토크에서, 제가 라젠카와 LG 이야기는 그러려니 넘겼다고 하니 재미있어 하셨던 게 기억납니다. 그러니 이 책을 읽는 분들도 혹시 잘 모르는 이야기가 나오면 그러려니 하시기 바랍니다. 또 하나, 사회적인 이슈를 다루고 있어서 당연히 작가의 모든 의견에 내가 동의하기 어려울 수도 있어요. 당연한 이야기지만, 비문학 글을 읽을 땐 '그러려니' 마음이 필요하답니다.

유행이 지나 더 이상 아무도 쓰지 않는다고 해도,
그 단어들을 만들어 냈던 당시 사람들의 마음,
그 단어들이 '사람들의 마음에 남긴 흔적'은
쉽게 사라지지 않을 겁니다.

이제 다시 나를 사랑할 시간

책을 읽고 글을 써 왔다고 해서 제 삶이 얼마나 달라졌는지 모르겠습니다. 서점 주인이자 북클럽 서비스를 만든 사람이 이런 말을 하다니 이상하지요. 어린 시절부터 글자를 보면 흥분했고, 누가 읽으라고 권유하지 않아도 손에서 책을 놓은 적이 없는데, 한때는 책이 제게 더 이상 중요하지 않게 여겨지기도 했습니다.

쓸모 있는 일들만 골라 열심히 해 온 몇 년간, 저는 직설적이고 효율적인 인간으로 변해 갔습니다. 좀 더 과장하자면, 상대의 말을 들을 때면 속으로 '그래서 결론은…' 이라고 생각하는 순간이 많아졌습니다. 아무리 매력적인 콘텐츠를 만나도 잠시 빈틈이 생기면 금세 딴생각을 집어넣는 저를 발견했습니다. 누군가는 사업가가 다 되었다고 하고, 누군가는 이제 덜 소심하고 더 멋있어졌다고 하네요. 요즘

유행하는 성격 테스트를 과거에도 했더라면 아마 정반대로 나오지 않을까 싶을 만큼, 사람이 변해 간다는 게 신기했습니다.

사업을 하고 나름의 SNS 소통을 직업으로 삼게 되면서, 저를 좋아해 주는 분들이 예전의 제 모습, 세상 사람들이 책처럼 비교적 관심을 덜 두는 곳에 마음을 쏟고, 내 생각을 정성스럽게 기록하던 모습을 그리워한다(?)고 느낄 때는 절망감에 빠지기도 했습니다. 이제 그때의 저는 여기 없기 때문이죠. 저는 더없이 실용적이고, 현실적이며, 합리적이고, 또 그런 삶의 태도가 걸맞은 이 세상을 잘 살아가는 사람이 되어 버렸다고 자기소개라도 해야 할 것 같은 기분입니다.

중학생 때쯤 고전 소설인 『제인 에어』를 처음 읽었을 때의 기분을 생생히 기억합니다. 언제 출판된 책일지도 모를 만큼 오래된 양장본이었고, 번역 투 문장이 많아서 몸에 잘 맞지 않는 옷을 입은 것처럼 어색했습니다. 이 책이 나왔던 1847년은 여자아이뿐 아니라 성인 여성에게도 자기 삶을 스스로 결정하며 세상을 마음껏 경험할 기회가 없었던 시절이었지만, 그녀의 풍부한 사고의 힘과 담대함만은 건드릴 수 없었습니다. 작가 샬럿 브론테와 마찬가지로 작가였던 그의 자매들 에밀리, 앤의 삶도 제인 에어와 마찬가지였죠. 당시 샬럿 브론테는 이 책을 커러 벨이라는 남성 이름으로 출간했습니다.

제인 에어의 사랑 이야기는 분명 중학생의 나이에 다 이해하기 힘들었지만(당시엔 어른 책을 읽으며 숱한 짐작을 곁들이는 독서가 늘 재미있었습니다), 마지막 장을 덮고 난 뒤 제 마음속에 충만하고도 깊은 만족감이 깃들던 순간을 기억합니다. 그전까지 모르고 있던 어떤 감정을 비로소 알게 되었다는 기쁨, 그리고 한 발짝 올라선 듯한 내적 성숙을 느꼈던 순간. 책을 읽다가 덮었을 뿐인데 세상이 확연히 달라진 듯한 기분은 마법과도 같았습니다.

어른이 되고도 한참 지난 어느 날 「제인 에어」 영화 포스터를 우연히 보고 큰 감흥이 없는 저를 발견했습니다. 제인 에어처럼 가난하지만 강인하고도 독립적인 한 여성이 부자 남성을 만나 사랑에 빠지는 소위 신데렐라 이야기가 그 후로 수없이 반복되어 온 탓이기도 하겠고요. 지금 생각해 보면 단순한 결말에 비해 유독 그 과정이 길고 복잡했죠. 그래서 결론은 사랑에 성공했다는 거잖아, 이제는 비슷한 구조의 드라마에서 주인공 소개만 봐도 쉽게 짐작하는 결론입니다.

책을 읽고 누군가에게 권하는 일을 시작하면서 가장 어려웠던 일은 '결론'을 말할 수 없다는 것이었습니다. 북클럽 멤버들이 책편지를 읽고 나면, 책을 펼치도록 해야 하니 결말 언급은 피해야 했습니다. 애써 제가 정한 원칙을 지키다 보니 점차 이 중간 과정에 오래 머무는 일이 싫지만은 않았습니다. 정말 아름답고 가치 있는 것들은 시작과 결말이 아닌 그 과정에 있다는 것을, 작가가 만든 이야기 속을 유영하며 때로는 감탄하고, 슬퍼하며, 짓눌렸다 또 살아나며 나의 감정이 팔딱팔딱 숨 쉬는 과정에서 찾는다는 것을 다시금 깨닫게 되었습니다.

사랑하는 이를 잃은 시인의 맑디맑은 글 『그리움의 정원에서』를 읽으며 당연하게만 여겼던 소중한 사람들을 향한 사랑의 크기를 실감했고, 『우리 사이엔 오해가 있다』를 읽으며 타인에 관한 관심의 표현을 조심스러워 하던 저도 어떤 오해를 만들어 보고 싶어졌습니다. 이렇게 열심히 살다가도 어떤 사고로든 죽으면 다 끝이겠구나 싶었던 제 근원적인 불안은 『트로츠키와 야생란』이 다 괜찮다며 천천히 쓰다듬어 주는 것 같았어요. 분명 끝이 있다는 것을 알지만, 때로는 눈을 질끈 감을 만큼 행복한 순간들을 소유하고 싶어지는 『행복의 나락』, 한 치 앞을 알 수 없는 길이라도 작은 행복의 실마리를 잡아 가며 한 걸음씩 나아가 보겠다는 용기를 안겨 준 『스몰 플레저』. 그리고 제가 가진 가장 다정한 감정들을 모아 보고 싶었던 『다정소감』, 무심한 체하면서도 내심 많은 이에게 사랑받고 싶은 나의 마음을 들여다본 듯한 『올리브 키터리지』. 저와 같이 이 세상을 무뎌진 감정으로 살고 있을 누군가에게 이 책들을 건넬 수 있다면.

책 읽기는 수시로 좁아지려는 저의 세계를 부단히 넓히고, 얕아지는 제 마음의 벽을 숱하게 찔렀습니다. 하지만 여전히 책을 읽어서 제가 크게 달라진 점은 없을 겁니다. 그 대상이 책이든, 다른 무엇이든 늘 어딘가를 향해 힘껏 달리며, 때로는 성공과 실패를 번갈아 하며 그 과정 자체에 빠져든 탓에 주변을 잘 돌보지 못하기도 하겠죠. 그렇기에 저와 같은 사람들을 더 많이 이해하고 사랑해 보려고 노력하는 저를 변명하는 마음으로 이 글을 보냅니다.

내가 우울한 생각의 공격을 받을 때
책 앞으로 달려가는 것처럼
도움이 되는 건 없다.
책은 나를 빨아들이고,
마음의 먹구름을 지워 준다.

미셸 드 몽테뉴

무뎌진 감정이 말을 걸어올 때

초판 1쇄 발행 2022년 11월 09일
초판 6쇄 발행 2022년 12월 12일
지은이 김소영
펴낸이 배민수
기획·편집 밀리&셸리
표지·본문 디자인 정현옥
표지 사진 마젝 @mazect
마케팅 태리
펴낸곳 MJ스튜디오 **출판등록** 2022년 1월13일 제2022-000140호
주소 서울특별시 강남구 남부순환로 2921, 164호
메일 terracotta_book@naver.com
인스타그램 @terracotta_book